第三種選擇

陳素宜——著

程宜方——圖

目錄

人生的選擇題（新版自序）……5
過程和結果（初版代序）……9
1. 逃學……13
2. 死對頭……27
3. 逃家……39
4. 飆車……59
5. 永別……79

6. 希望……93
7. 英雄……107
8. 目標……121
9. 拚命……137
10. 愛情……151
11. 出事……163
12. 選擇……177
烏鴉式的告白——淺析《第三種選擇》 張子樟……193

人生的選擇題（新版自序）

有一次在外地旅遊，走進一家餐廳吃飯，面對著菜單苦思，吃什麼好呢？看了又看，想了又想，點了幾個菜配白飯。心裡想著，竟然沒有最愛吃的鹹蛋炒苦瓜，真是可惜。沒想到快吃飽的時候，發現隔壁客人的桌上，竟然有一盤油亮亮的山苦瓜，上面還裹著一層金沙似的鹹蛋黃！結帳的時候問了一下，才知道這家餐廳有熟客才知道的隱藏版菜單，一般客人是不知道的。

人生，常常有這種隱藏版的選項，我們不用心仔細去找，往往就會錯過了最愛的事物！《第三種選擇》寫的是多年以前的故事，在那個大家還使用ＢＢ叩的年代，人們隨身攜帶一個小小的機子，緊急電話來的時候會ＢＢ叫，提供回撥的電話號碼；那個還沒周休二日的年代，學生在星期六還要去上半天課；連追隨的偶像明星，如今都是幾個孩子的爸爸或是媽媽了。那個年代有一些事情跟現在不太一樣，卻有著到現在還是無法改變的重擔，就是在孩子們肩上的升學壓力！故事的主角陶曉春，在兩個極端的選擇之間迷惘無助，是要跟著講義氣的好朋友，一起逃學去染髮、飆車、打電玩；還是跟一心讀書只求高分，完全不講情感的同學學習？故事裡的陶曉春，開始尋找第三種選擇，她期待有介於兩種極端之間的第三種選擇。

我們的升學制度，經過多次的改變，跟陶曉春面臨的很不一樣。或許，現在的孩子們選擇比較多，不只是第三種選擇，可能第四、第五、第六種選擇都有。重要的是，做出選擇之前，我們必須知道自己有哪些選項，而了解這些選項，是否適合自己的過程中，我們的收穫絕對不會少於最後的結果。

其實人生的選擇題很多，從早上要吃稀飯配醬瓜，還是燒餅配油條，又或是火腿三明治加奶茶；到要讀公立的國中小，還是私立學校；面對升學的各種問題，是人生重要階段的重要選擇，父母師長、同學朋友都是可以討論的對象。有時候，從一本書中也可以獲得啟發。希望陶曉春的故事，可以給讀者們一些思考的空間，檢視一下自己面臨的情境；更希望在面對人生其他的選擇題時，可以用相同多元的態度，慎重思考，做出抉擇，而不是被潮流環境影響綁架。

外地旅遊錯過了一盤味美的鹹蛋炒苦瓜，讓我回家自己下廚的第一餐，就做了一道鹹蛋苦瓜解解饞。這個經驗也讓我學會，在餐廳點菜前先問問，有沒有隱藏版的菜單。人生的選擇題很多，祝福我的讀者們，都能夠選到美好人生！

陳素宜　於二〇一九年七月

過程和結果（初版代序）

第一次看《老人與海》，我真的看不出什麼味道來。年幼的我，一直以為那是一個可憐的故事。一個近百天沒有捕到魚的老漁夫，好不容易制伏了一條大魚，拖回漁港的時候，竟然只剩下一架空空的魚骨，真叫人心酸哪！我不懂，為什麼壞心的作者，要讓可憐的漁夫白白努力，最後卻一無所獲！

逐漸長大，慢慢體會出作者的用心了。那是個老當益壯的漁夫，空空的魚骨正是他的驕傲！難怪他可以在回港之後，心安理得的倒頭大睡。

有很多事情也是這樣。結果固然重要，過程也不能忽視！就拿到海灘堆沙堡這件事來說吧。從小我就是隻旱鴨子，每次一群人到海邊玩，別人總是興高彩烈的在水裡，像魚一樣的快樂；我只能套著泳圈泡水，或是在沙灘上玩沙。我最常做的就是堆沙堡，一個小桶子裝水，一把小鏟子挖沙，就這樣開始建築我的夢中之堡。

這邊高一點，還是那邊高一點？這裡圓的好還是尖的好？那裡要不要來個密道？在蓋城堡的過程當中，我盡情享受創新、設計的快樂。這時，如果有一群人來共襄盛舉，那吱吱啊啊的討論，嘻嘻哈哈的動手，就別有一番七手八腳的樂趣了。

當然，再雄偉的沙上城堡，也禁不起陣陣海浪的沖擊。等那些海中蛟龍上岸的時候，旱鴨子的夢中之堡或許已經無影無蹤了，可是在他們笑我白做工的聲音中，我還是有一種享受快樂之後的滿足感。對我來說，堆沙堡的過程比堆成的沙堡，還要難忘！

是的，過程常常跟結果一樣重要。有升學壓力的人常會問：我們為什麼要這麼辛苦的讀書？是為了「書中自有黃金屋」？還是為了「書中自有顏如玉」？或是其他更遠大目標？我覺得這些「結果」或許重要，但是在讀書的「過程」當中，和老師同學相處的點點滴滴，大家相知相惜的情感，或是單純的獲得知識的快樂，也都非常非常的重要。

現在的孩子常被大人分成兩類，一種是成績很爛的；一種是成績很好的。其實這種分法是不對的。我希望孩子們知道，讀書不只是為了成績，不只是為了分數，還有很多很多東西，可以在讀書的過程中得到。我希望看過《老人與海》這本書的孩子，對書中的老漁夫將是敬佩，而不是可憐。

1 逃學

「他那對深邃的大眼睛，眨也不眨一下的看著我。我覺得自己的心跳越來越快，越來越急。突然，我發現他慢慢的向我靠近，向我靠近，他的嘴唇就要……」我兩眼盯著書上的字，兩頰跟著女主角一起發熱、發紅，甚至連手心也冒出汗來了。正在關鍵時刻，小珍在我耳邊低聲吼了一句：

「蹲下！陶子，快點蹲下！」

「什麼啦？」

我嘴裡回答她，眼睛卻沒離開書本。我最討厭在看書的時候，別人來打擾我。尤其是男主角就要親吻女主角了，這個臉紅心跳的時刻竟然來吵我，這小珍真是有夠討厭的。我不理她，繼續看我的書；她卻拉住我的手，硬是把我扯得彎下腰來。

「你們兩個在搞什麼鬼嘛？」

我發現娃娃也蹲下來了。她在小珍旁邊，低頭看著最底層的貨架，裝出一副正在挑選東西的樣子。

小珍把食指放在嘴唇上輕輕「噓」了一聲。我莫名其妙的蹲在她旁邊，不知道發生了什麼事。

過了一會兒，小珍先站起來，她朝店門口看了一下，然後跟我們說：

「起來吧！沒事了。」

「到底怎麼回事嘛？」我問。

「你看，那是誰？」小珍指著一個剛走出店門的大人問我。

不看還好；一看，嚇得我心跳加快一倍！那是訓導主任呀！他手裡的包子和茶葉蛋，正是剛剛在這裡買的。要是小珍沒把我拉下去，我今天鐵定要在訓導處待到天黑了。我們都知道，逃學被抓，班導也不會說情的。說不定她會馬上通知家長呢！我吐吐舌頭，把書放回架上去，告訴小珍和娃娃：

「快點走吧！說不定等一下又有什麼老師進來，我們就被抓回去了。」

「就是嘛！為什麼那個結拜儀式一定要在學校對面的便利商店進行呢？我都快怕死了，還是趕快走吧！」娃娃的聲音抖抖的。

從我認識她到現在，這是第一次聽她一口氣說那麼多話。我想她是怕得有點反常了。可是小珍堅持一定要在這裡把儀式完成。她說：

「事情越難，就表示我們的約定越有效。你們知道嗎？我老哥和他結拜兄弟的儀式是一人一部機車從三重上高速公路，再從五股交流道下來。跟他們比起來，我們真是差太多了！再不增加一點難度，我都不好意思跟別人說了。」

每次都是這樣，小珍說了就算數，我抗議也沒用！娃娃走到掛滿貼紙的架子前面，大概準備下手了。

我甩甩頭，來到一堆膠水這邊。大大小小、各式各樣的膠水，每一瓶的瓶蓋上都貼著價錢。

不過，我今天沒看那些價錢，我在找最小、最不起眼的那種包裝，希望能逃過櫃檯那個店員的眼睛。

「咦！這個不錯，放在口袋裡應該看不出來。」

我心裡這樣想著，就伸手把貨架上最小瓶的膠水拿起來。

正要把膠水放進口袋，耳邊卻響起了阿公的聲音：

「曉春啊！舉頭三尺有神明，別以為沒人看見你，其實每個人頭頂上都有個神明張大眼睛在看呢！」

我記得很清楚，是隔壁阿洪偷採人家的西瓜，被西瓜主人抓到家裡來，阿洪的爸爸把他綁起來，用塑膠水管狠狠的抽打一頓的時候，阿公跟我說了這些話。

不由自主的，我抬頭看看上面是不是真的有個神明在看我。我當然沒看見什麼神明，不過我看見一面大圓鏡子，高高的掛在天花板上！於是，我把膠水放回貨架，大大的鬆了一口氣。

「嘿！那個同學，請你回來！」

店員突然大聲的叫起來。我剛剛放下來的心臟，馬上又提到半空中來。是小珍？

還是娃娃？一定是她們其中一個被發現了！

我該怎麼辦？裝作不認識她，趕緊溜出去；還是乖乖的一起認罪？怎麼辦？怎麼辦？

「我沒有偷東西！這隻筆是我自己的。真的，這是我自己的！」

這聲音不是小珍也不是娃娃，是個男孩子的聲音。

我好奇的往櫃檯看過去，一個穿著國小制服的男孩，不斷的跟店員小姐重覆那句話。他的聲音越說越沙啞，最後終於哭了出來。這個男孩大概跟我家小弟一樣大吧，看他哭的樣子，我有點不忍心，可是又不知道怎樣幫助他。

「小弟，你弄錯了，這才是你的筆，剛剛掉在地板上，被我撿到了。那枝筆還是還給小姐吧！」

是小珍！她不知道從那裡拿來一枝一模一樣的舊筆，塞進男孩手裡。然後迅速的把男孩推出了店門口。

店員小姐不知道是不想追究，還是被小珍突如其來的動作嚇到了，她沒有去追那個男孩，只是默默的把筆收起來，默默的看我們離開。

「小珍，你好神喲！我正在替那個小孩緊張，不知道怎麼辦才好，你就把他救出去了。」

出了便利商店，我就跟小珍這樣說。小珍回答我：

「是那個小子運氣好，我書包裡剛好有一模一樣的筆，不然我也沒辦法了。走！我們到前面那個公園玩。」

小珍沒再提偷東西當結拜儀式的事，我和娃娃當然也沒說什麼，我甚至希望大家把這什麼儀式不儀式的忘記最好。我們三個背著書包，晃呀晃的晃進公園裡。上課時間，公園裡沒什麼人，只有幾隻麻雀在草地上跳來跳去。小珍二話不說，書包放在地上當枕頭，馬上就躺在草地上。娃娃當然有樣學樣的也躺下去了，她還拍拍旁邊的地板，要我也躺下。我搖搖頭：

「等一下一陣風吹過來，掀開你們的裙子，那些麻雀就要大飽眼福了。」

「我才沒那麼笨呢！裙子底下早就穿上安全褲啦，再大的風我也不怕！」

小珍朝我眨眨眼睛，丟給我一句：「安啦！」

「安全褲？什麼是安全褲？」

我發現我這個鄉下土包子要學的東西真是太多了。娃娃小小聲的說：

「就是在裙子底下再穿一條短褲啦。這樣那些男生就……就看不見……」

「就看不見你的內褲是什麼顏色了啦！」

小珍的嗓門有夠大，還好這裡沒有別人，不然我都要挖個地洞躲起來了。

「哎呀！你不知道那些男生有多賤，有些人會故意在地板上放鏡子，有些人乾脆就來掀女生的裙子。不穿安全褲就不安全啦！」

小珍說完大概看見我的嘴巴張得合不攏了，趕緊又說：「當然不是所有的男生都這樣啦，不過碰到一個就算很倒楣了，對不對？陶子，你以後最好也穿安全褲喔。」

我當然要穿安全褲，我恨不得現在就回去穿呢！不過讓我吃驚的還有小珍說的話，她說「賤」說得那麼自然，我卻覺得好刺耳。大家安靜了一會兒，娃娃突然說：

「你們看，那朵雲好像一個女王頭喔！」

我和小珍找了半天，也沒找到那朵像女王頭的雲。娃娃急了，她說：

「就在那裡嘛！她梳了兩層的包包頭，中間還綁了一根絲帶呢。」

有沒有?有沒有?」

我不好意思說沒有，可是又找不到娃娃說的女王頭，只好看小珍怎麼說。

「娃娃，你是不是想當髮型設計師想瘋了?連雲也變成包包頭，真有想像力!放心，以後我們一起開一家美髮屋，你就可以美夢成真了。陶子，要不要參加一份呀?」

「我?當客人還可以，幫別人洗頭我可沒興趣!」

「那你以後想做什麼?」

「我也不知道，我還沒想過這個問題呢。」

躺在草地上東扯西扯的，比關在教室裡發呆要好多了。可是我心裡多少有點不安，這可是我這輩子第一次逃學啊!要是阿公知道了，一定會很傷心。不過他遠在花蓮，不可能知道的。

至於爸爸和媽媽，他們根本就沒時間管我，沒什麼好擔心的。可是，不知道為了什麼，我就是有點害怕，不斷的看手錶、看手錶，我發現放學時間已經過了。

「陶子，你的錶壞了是不是？怎麼一直看它？」小珍被我的動作弄得不耐煩，跳起來問我怎麼回事。

「沒有啦！我想……我想回家了。」

「回家？精彩的才正要開始呢！等一下我們去麥當勞吃漢堡，再去打電動，然後……」

我搖搖頭，跟她說：

「我媽會把晚餐留給我，沒吃的話，她會問東問西的，我還是回去好了。」

小珍聳聳肩膀，說了一聲「隨你！」，拉著娃娃走了。我一個人慢慢的朝公園的另一個出口走去。

我不知道自己為什麼要欺騙小珍，其實媽媽早上就把一天的飯錢放在餐桌上給我了。我現在回家，一樣是我一個人關在空空的屋子裡。可是，現在不回去，我又很不安。真的，我最近常常不知道自己在搞什麼鬼。前一秒鐘做的事，下一秒鐘就後悔。像早上，我明明要上學的，碰到小珍和娃娃，莫名其妙的就跟她們逃學了；還有現在，明知回家只有我一個人，卻又不敢跟她們走，好像有個看不見的人在我心裡做怪，我對他一點辦法也沒有！

走著，走著，前面有個小池塘。我在池邊站了一會兒，裡面的魚馬上就聚集到這邊來，大概是以為我要餵牠們吧。唉！這裡連魚都跟鄉下不一樣。這裡的魚五顏六色、漂漂亮亮的等人來餵；阿公家旁邊那條河裡的魚，灰噗噗、醜哩巴嘰的四處找東西吃。池塘裡的魚越來越多，我卻沒東西餵牠們。而且，我自己的肚子也餓了，還是買個便當回家吃吧。

2 死對頭

開門進屋的時候，我就知道有什麼事情不對勁了。平常爸媽出門，總會把大門完全鎖上，所以我開門就得從第一道轉到第七道，鑰匙轉個七圈才能把門打開。可是今天，剛轉一道，門「啪！」的一聲就開了。我渾身起了一陣雞皮疙瘩，開始害怕起來。會是小偷嗎？我現在該不該進去呢？

「阿春！你給我進來！」

是爸爸！這個時候，他怎麼會在家呢？爸爸就站在前陽台上，看樣子已經等我很久了。媽媽在一邊，拉著爸爸拿棍子的右手直說：

「進來再說，進來再說！孩子都這麼大了，你不要……」

「閉嘴！」

爸爸朝媽媽大叫一聲，然後拿起棍子沒頭沒腦的朝我身上亂打。嘴裡還不斷的罵：

「你這不知好壞的東西！我每天沒日沒夜、拚死拚活的賺錢，早上三點摸黑去青果市場批水果，早上擺早市、傍晚擺黃昏市場，晚上還要到街角蹲到十點半。我為的是什麼？你說，我為的是什麼？你不好好讀書，敢給我逃學，你這不知好壞的東西！」

棍子像雨點一樣的落在我身上，那種又痛又麻的感覺，讓我幾乎要站不住腳了。

可是，我沒有躲，也沒有哭。媽媽攔不住爸爸，就一直對我叫：

「快說你以後不敢了，快說呀！」

我咬著牙，一句話也不說。媽媽急了，出手去拉爸爸：

「不要打了，不要打了！這麼大的孩子，你還用打的！你用說的，用說的啦！」媽媽說到後來，都快哭出來了。

這麼混亂的場面，我心裡也是亂七八糟的，一分鐘裡就有好幾個完全不同的決定。一會兒想抱著媽媽說我不再逃學了；一會兒又想我就是不說話，讓爸爸把我打死算了；後來我又想到，我不要住在這裡，我要回去跟阿公阿婆住。心裡這樣反反覆覆，想過來又想過去的，還拿不定主意的時候，爸爸突然停下來了。他把棍子丟在一邊，一句話也不說的坐在客廳發呆。

媽媽把我拉到房間裡擦藥。剛才被打的時候痛了一次，現在擦藥再痛一次，痛得我嘶嘶的吸氣。媽媽邊擦邊唸：

「阿春呀，你怎麼會逃學呢？要不是你們老師用BB叩叩你爸爸，我們還不知道呢！你爸爸打完電話氣得把水果攤丟給我一個人顧，說要回來找你。我怕他把你打死，趕緊跟回來看。現在攤子丟在那裡，拜託隔壁賣菜的老板看一下。我啊，一顆心要分兩邊用。你這麼大了，怎麼都不替做父母的想一想呢？不要再給我找麻煩了啦！藥擦好，便當吃一吃，以後不要再逃學喔！我和你爸爸還要去顧攤子呢！」

媽媽的一段話，說得我眼淚掉不停。我，她的女兒，竟然比不上那個水果攤！沒問我去哪裡，沒問我跟誰在一起，又要把我一個人丟在家裡，媽媽怎麼不替我想一想呢？我倒在床上，把被子拉起來蓋住頭，不想理媽媽了。我聽到她嘆了一口氣，走出房去。我沒動，一會兒又聽到大門啪、啪、啪的鎖了七道，我知道，他們走了。

以前，我和阿公阿婆他們住在鄉下的時候，一直覺得隔壁的阿滿叔婆是個大怪人。她的女兒嫁人了；兒子媳婦和孫女住在台北。我從來就沒見過阿滿叔公，聽說他很早就死了。所以，阿滿叔婆一個人住在一間大屋子裡。

我常常看見她餵雞的時候跟雞說話；種菜的時候跟菜說話；在河

邊洗衣服的時候，就跟那些大大小小的石頭說話。我跟阿婆說：「阿滿叔婆是不是生病啦？怎麼一個人哩哩囉囉的說個沒完？沒人回答她，她不覺得奇怪嗎？」

阿婆瞪我一眼說：

「小孩子不要亂說話！什麼生病不生病的，你阿滿叔婆是沒人可講話，只好自己講給自己聽。你要是這麼空閒，就去找她聊天呀！」

我沒有去找阿滿叔婆聊天，因為我不知道要跟她聊些什麼才好。可是，我真的覺得她好可憐喔！

現在我也變成一個可憐的人了。一個人對著一屋子的空氣，連個說話的對象都沒有。我把收音機、電視機打開來，把每個房間的電燈都弄亮，希望聲音和燈光能讓房子裡顯得熱鬧一些。可是，沒有用！那種冷冷的感覺，還是逼得我想大聲叫出來。這回連我最愛看的小說也沒用了，心裡有一股氣讓我沒辦法靜下來看書。

我從來就沒想到，住在台北是這麼難過的一件事。那時候和弟弟跟阿公阿婆住在鄉下，過年過節就站在門前小河的橋頭，等爸媽從台北回來。雖然站得腳痠，看得眼澀，只要爸媽的身影出現，我和弟弟就衝過去幫忙提大包小包的行李。爸媽總是笑咪咪的問東問西，還會拿出一堆禮物呢。唉！那段日子才叫做快樂呀！我竟然傻傻的希望國小快點畢業，因為爸媽早就跟我說過，要接我到台北念國中的。離開鄉下的那天，弟弟那羨慕的眼神我到現在還記得。他要是知道我在台北過這種日子，一定會不敢上台北來。

想著，想著，我竟迷迷糊糊的睡著了。一直睡到第二天早上，媽媽把我叫起來：「阿春！起來吃稀飯，吃飽了我帶你到學校去。」

「你早上不去市場嗎？」

「你們老師說要我到學校一趟啦！還叫我要多注意你一點。阿春呀，你就要乖一點，好好讀書不要再逃學了啦！這樣你爸爸和我才會放心呀！」

唉！我突然發現，媽媽的頭髮有不少已經白了，眼角的魚尾紋也出現了，她不再是我夢中那個和爸爸談戀愛的白雪公主了。我還是乖一點，做個好孩子吧！我不知道老師跟媽媽說些什麼，反正沒多久媽媽就走了。老師跟我說的也是「父母賺錢辛苦，你要好好唸書」的那一套。我覺得老師總是很忙的樣子，像我的週記寫得密密麻麻的，她每次都是一個「閱」和日期，其他的一個字也沒有。我想她一定沒有仔細看。不過今天她把我的位置從第六排調到第一排，跟小珍和娃娃她們離得遠遠的。我是無所謂啦，反正小珍她們今天也沒來。再說，我們要講話的話，下課還不是可以在一起。老師這招，根本就是多此一舉嘛！不過，話說回來，既然決定當個好孩子，就像爸媽和老師他們說的，好好讀書吧。

可是，我發現我好像變笨了。老師們在講台上說些什麼，我真的是「有聽沒有懂」！以前在小學的時候，不是這個樣子的。我總是代表班上參加作文比賽、畫畫比賽，雖然數學和自然比較差，可是也沒爛到聽不懂老師說什麼的地步呀！像這節數學課，我心裡就慌了起來。才國一上學期我就聽不懂了，還有兩年半要怎麼辦呢？

突然，一張摺得四四方方的紙條掉在我桌上。我轉頭看看四周的同學，每個人都盯著台上的老師，一副很認真的樣子，我看不出來是誰丟的。

「陶曉春，上課認真點！」

數學老師瞪我一眼。

我把紙條捏在手心，也裝出認真聽講的樣子。心裡卻不斷在想，是誰丟紙條給我呢？小珍和娃娃沒來，不會是她們丟的。但是我在班上除了她們之外，一個朋友也沒有，會是誰呢？趁數學老師在寫黑板的時候，我把紙條打開來：

徐書婷：

別理你後面那個土包子，否則你會跟她一樣！

小咪

小咪是小珍的死對頭。聽小珍說她們是同一個國小畢業的，六年級的時候為了同校的一個男生，曾經吵得幾乎要打起來。本來小咪根本沒把我放在眼裡的，後來可能是看我常跟小珍在一起，她就連我也算上了。竟然丟字條要我前面的徐書婷別理我，我終於知道班上那些人為什麼不理我了。還有，那「土包子」三個字真刺眼。從我到台北來以後，對這三個字特別敏感。下課後我要去找小咪算帳！

「這是你寫的嗎？」

我把紙條丟在小咪桌上。她抬頭看了我一眼：

「是又怎樣？不是又怎樣？」

平常和小咪在一起的人都圍過來了，其他那些「乖乖牌」的同學，站得遠遠的向這邊看過來。本來我打算問個清楚就好的。可是小咪那個死樣子，讓我一股氣衝上來，舉起手，打了她一個耳光。

「你敢打我！」

小咪跳起來反擊。

我被自己的動作嚇了一跳，出神的一瞬間，被小咪推倒在地上。

兩、三個人把我壓著，小咪伸手打了我兩個巴掌：

「一個還本，一個利息！」

3 逃家

「你跟小咪打架？你真的跟小咪打架？」

小珍一副不肯相信的樣子看著我。她說：

「我早就知道你不是膽小鬼。但是，找小咪打架，真有你的。」

我沒理會小珍的話，我正在擔心，爸媽知道這件事以後，會怎麼樣？爸爸鐵定拿起棍子，又是一頓毒打；媽媽就只會罵我，怎麼不替父母想一想！我看我今天不能回家了。其實班導把我從訓導處領出來以後，我就一直擔心這個問題。老師說些什麼，我全沒在意。只記得她最後一句：

「這件事情還是得讓你們的父母知道一下，我會跟他們聯絡。你們自己回家後，也要好好反省才行！」

回家？那個空空洞洞的地方，還是家嗎？上台北來以前，我一直以為爸爸媽媽像童話裡的公主王子一樣，在城堡裡過著幸福快樂的生活。把我這個寶貝女兒接來以後，生活就更加甜蜜溫馨了。誰曉得，我們同住一個屋簷下，竟然一天難得幾次見面說話。我所有的，只是餐桌上那兩張一百元的鈔票而已。

再說，先是逃學，然後是打架，我真的不敢回去了。放學後晃到公園來，碰到了小珍和娃娃。她們整天沒上學，不知道混到哪裡去了，竟然在這裡被我遇見，或許小珍是上天派來拯救我的人吧！

可是這個上天派來的人一點都不了解我的心情，她一個勁兒的誇我勇敢，卻沒發現都是她一個人在說話。還是娃娃細心，她趁小珍吞口水的空檔問我：

「陶子，你怎麼不說話？」

「我在擔心回去會被我爸打死！他把我從鄉下接到台北來讀書，我不是逃學就是打架，他真的會把我打死的！」

「讀書?像你這樣不知道以後要做什麼的人才要讀書，我和娃娃以後要當美髮師，那個『ABCD，狗咬豬』跟我們是一點關係都沒有啦！」

我一直希望小珍會邀我到她家去避難，沒想到她只是在一邊說些沒意思的話，看來我得說的更明白一些才行：

「小珍，我到你家去住幾天好不好？」

小珍張大眼睛看著我，嘴裡沒說話，腦子裡不知道在想什麼。我接下去說：

「只是住幾天而已啦！等我爸媽氣消了我就回家。」

小珍還是沒說話，她轉頭看看娃娃，娃娃也看著她。這兩個人真是太不夠意思了！朋友有難，她們竟然袖手旁觀，虧她們平常說得那麼好聽，什麼情同姐妹的。昨天還想在便利商店那裡舉辦結拜儀式呢，我真是太傻了！

「好吧！」

小珍突然打斷我的思緒，她說：

「你就到我家住幾天吧！不過，我家……，我家不是很好，你要有心理準備。還有，什麼都別問！」

小珍這麼一說，我突然想起來，我認識小珍快一學期了，好像都沒聽她提過家裡的事情，難道她家有什麼特別的嗎？心中的好奇戰勝了不安，我跟著小珍到她家去了。娃娃沒來，因為她媽媽下班後就會在家裡等她。

不知道是少了娃娃，還是小珍另有心事，一路上她都沒說話。我們出了公園，繞過活動中心，再穿過一個收了攤的市場，我正想問小珍到了沒有，她悶悶的開了口：

「前面第三間就是我家。」

這裡的房子看起來很舊，不過每家都是上下兩樓，而且還有一個小院子。有一些人家的院子裡種了花，枝葉從牆頭探出來，感覺好像來到了鄉下的小街上。我覺得這裡很好呀！不知道小珍剛才為什麼要那樣說。

等我到了第三間，馬上就明白小珍的意思了。這間的院子沒有花草樹木，裡面堆滿了破銅爛鐵和一些瓦楞紙板，中間只留下一條小小的通道給人出入。小珍帶我進到房子裡，裡面烏漆抹黑的，我一時什麼也看不見。等我稍為適應黑暗，看到一些模糊的影子，小珍已經在樓上叫我了。

「陶子，上樓到我房間來！」

小珍的房間不大，一張床、兩張椅子上堆滿了衣服；牆壁上貼滿男女明星的海報，其他就沒什麼東西了。喔！角落裡丟著她的書包，旁邊散得一地的是上課用的課本。

「你爸媽還沒回來呀？」

打量過小珍房間，我開始擔心她的爸爸媽媽如果問我，我該怎麼說呢？沒想到小珍說：

「我沒有爸爸，我媽不住家裡。」

小珍說這些話的時候，臉上一點表情也沒有。害我一肚子的疑問不敢問，可是又不知道說什麼才好，我真有點後悔來這裡了。過了一陣子，小珍終於說話了：

「我從小就沒見過我爸爸。阿公說他走了，我也不知道走了是什麼意思。我媽住在療養院裡，她這裡有問題。」

小珍指指她自己的頭，然後說：

「阿公撿破爛把我和我哥養大。你看，我是靠垃圾長大的孩子，你還要跟我做朋友嗎？」

我真的被小珍的話嚇了一大跳！她在我面前一向是說話很大聲，出手很大方的人，怎麼會是靠撿破爛養大的孩子呢？

我想起了鄉下的叵伯公，他總是踩著三輪車，四處去收破銅爛鐵。每次他出現在老家橋頭的時候，我和弟弟就把不要的紙和用過的課本簿子稱斤賣給他。然後他又吃力的踩著車，爬過屋後的斜坡，到阿洪家去收貨。這時候，阿公總是叫我和弟弟在車後幫忙推，好讓叵伯公輕鬆一些。我還記得阿公說：

「你叵伯公真不簡單！一個人沒田沒地要養兩個孩子，還都養到讀大學呢！過個一、兩年，孩子畢業了，他就出頭天啦！」

是啊！靠垃圾養大的孩子也可以讀大學呀！我把叵伯公的事告訴

小珍，她卻說：

「讀大學有什麼了不起？賺錢才是最重要的！要不是我阿公堅持我要讀國中，我早就去美髮院當學徒了。算了，不談這些，既然我們還是朋友，今晚我請你去玩個痛快！」小珍先帶我去打保齡球。那是一個燈火輝煌的地方，燈火把晚上照得像白天一樣。我站在門口，遲疑著不敢進去。小珍取笑我說：

「少土了，陶子！只要付錢，你就可以玩到爽，怕什麼？」

「我才不怕！只是……只是我的錢大概不夠呀！」

「哎呀！早說過我請你的嘛，走啦！進去吧。」

我還是覺得不妥，小珍那來的錢呢？

「我阿公給我的啦！反正我以後會賺錢給他，現在先花一些不要緊的。你不要囉嗦了好不好？快走啦！」

我們在櫃台付了錢，租了鞋子，拿了球，就到球道這邊來了。這是我第一次進保齡球館，還好有小珍帶頭。她做什麼，我就做什麼。可是她顯得從容不迫，我卻處處碰壁。

像她穩穩的踩三步後，第四步做個漂亮的滑步，球就聽話的出手了，姿勢美得像跳舞一樣。我呢，還好沒有同手同腳，可是球還沒出手，竟然「咚咚咚咚咚」一聲，掉了！而且腳步老是算不準，好幾次走到前面又停下來，我覺得整個球館的人都等著看我出醜一樣，我跟小珍說：

「我看你打就好了。」

「你老是這樣，怕東怕西的，碰到困難就停下來。把你早上跟小咪打架的勇氣拿出來呀！我可是練了好久才這麼順手的，你光坐在那裡不會進步的啦。」

不說早上的事還好，提起早上的事，我心情更糟糕了！我搖搖頭，坐在椅子上沒動。小珍聳聳肩膀，繼續打球去了。

過沒多久，突然一個陌生的男生在我身邊的椅子上坐下來。是不是……，是不是小說裡的男主角要跟女主角搭訕了呢？我渾身不自在起來，好像手腳放的位置都不對了，可是身體又僵硬得挪不動，一張臉更是紅得發燙，就在這個時候，他說話了：

「小妹妹，你姊姊的球打得不錯喔！」

雖然是跟我說話，眼睛卻盯著打球的小珍一動也不動的。我馬上恢復正常，原來女主角是小珍，我只是女主角的妹妹。我白了這個莫名其妙的人一眼，不想理他了。可是他卻在一邊說個沒完：

「打完球，我請你和你姊姊到地下一樓吃牛排，好不好？」

這人的臉皮有夠厚，套句小珍的話就是「有夠賤」，我看我們最好快走，免得他囉嗦個沒完。

「小珍！走了啦，無聊死了！」

我拉著還沒過癮的小珍走出球館，她以為我不會打才要離開，一副老前輩的樣子說：

「你要下來學嘛！光坐在那裡看怎麼會呢？」

「下次再學。我餓了啦，去哪裡吃晚飯？」

「隨便買個麵包吃就好了。我還要帶你去一個更棒的地方，保證你三分鐘就學會，絕對不無聊。」

這個更棒的地方，是一家電動玩具店。閃爍的霓虹燈招牌，讓人老遠的就看見它。可是走近來看，暗色的玻璃卻擋住了視線，根本搞不清楚裡面有什麼東西。要是我一個人，一定不敢走進這種地方。可是小珍說裡面的電動玩具棒得沒話說，不進去的人是笨蛋。

不過，門口掛的一個牌子還是把我擋下來了，因為它上面寫：

未滿十八歲請勿進入

我指指牌子，轉身想走。小珍拉住我說：

「你少土了啦！那是給警察看的，不是真的。只要你有錢，才沒人管你幾歲呢！」

「可是……，可是……」

「唉呀！別可是了，要是真有人問你幾歲，你就說你已經十八歲就好了嘛！」

聽小珍這麼說，我認真的看著小珍的樣子。她的頭髮跟我一樣是短短的學生頭，可是她有自然捲，看起來就像是燙過的一樣。再說衣服，小珍穿一套的背心短裙，看起來就跟穿體育服的我不一樣。更重要的是，她胸前已經像健康教育老師說的一樣，「開始發育了」，而我跟國小沒有兩樣。難怪，難怪保齡球館那個男生說她是我姊姊。難怪她說自己十八歲有人相信。

「你幹嘛這樣看我？不認識我了？」

「看你漂亮呀！小珍，說你十八歲我相信，可是我真的不像十八歲嘛！」

「哎呀！真的沒關係啦。你不進去，我要進去囉！」

沒辦法，我只好硬著頭皮跟進去了。不過，我的頭垂得很低，深怕突然衝出一個人來問我幾歲。

其實我不是沒玩過電動玩具，只不過我玩的是「打彈珠」、「瑪利兄弟」、「俄羅斯方塊」這些在家裡玩的遊戲。這些還是弟弟求了半天，爸爸才買的主機和卡帶。買回來，爸爸還再三交待，要是考試退步了，就要把電動玩具送人。唉！怎麼這個候想起爸爸來呢？或許他們正在找我找得天翻地覆吧！管他的，現在回去，一定被打得更慘，我還是躲一躲再說。

等我發現真的沒人管我幾歲的時候，我才慢慢的把頭抬起來。看到一部一部的機台，靠牆站立；幾盞昏黃的燈光，在牆上無力的閃爍，這裡面竟給我一種鬼影幢幢的感覺！那些坐在機台前面的人，好像進入了另外一個時空，全神貫注在電玩世界裡，有的歡呼；有的咒罵，根本不知道旁邊有什麼人經過。最令人難過的是，那一屋子的煙味燻得我想咳又不敢咳！真不知道小珍怎麼會喜歡這種地方。

「陶子，快來！讓你看看我最喜歡的一種，保證你馬上愛上它。」

小珍在一台摩托車上面叫我。那摩托車像真的一樣大，而且是那種騎上去屁股就會翹起來的追風型的。車子的兩個把手中間有一個螢幕，螢幕上是跑不完的路，追不完的車。小珍告訴我，放十元可以騎五分鐘。只要追上螢幕上的一部車，就會有十元掉出來。技術好的人可以賺錢，技術爛的人幾百元一下子就花光了。

「那你的技術好不好？」我問小珍。

「你看！」

小珍指著牆上的一張紙，一副很臭屁的樣子。我揉揉眼睛，好不容易才把紙上的字看清楚。原來那是一張排行榜，凡是騎過這台摩托車的人，成績全部算上去，最快的前十名就可以上榜。再一看，排第貳名的是戴宜珍，就是小珍嘛！小珍看我吃驚的樣子得意的說：

「今天我要把第一名幹掉！上一次第二名，獎品是隻ㄌㄡ ㄌㄟ。雖然是假的，可是我送給阿公，他高興得不得了呢！」

「你怎麼這麼厲害呀？」

「哎呀，你不知道我花了多少錢在這上面！有一陣子沒錢，我好想搶銀行來打電動呢！還好我沒這個膽，不然現在大概不在這裡了。」

小珍做了一個手槍打頭的樣子，吐吐舌頭再告訴我：

「要多練習啦！」

可是我對騎摩托車沒興趣，卻比較喜歡旁邊的「炸彈超人」。這個我在鄉下家裡玩過，弟弟還是我的手下敗將呢！我控制那個小人到處去放炸彈，把那些四處游蕩的精靈炸掉以後，就可以過關了。炸，炸，炸，我到處去炸，一不小心連自己也炸掉了。在家裡頂多按一下重來就好了，在這裡卻要不斷的放錢。放錢放到後來，口袋裡的錢都放完了，我只好一萬個不甘心的停手了。現在我知道什麼叫做想「搶銀行來打電動」了。

小珍還在騎她的摩托車，我無聊的四處張望，看看有什麼有趣的東西。忽然，在我右前方的那臺螢幕上，出現了一個身材很棒的女生。這個女生開始脫她自己的衣服！她一件一件的越脫越徹底，我趕緊把視線移開，雖然她是螢幕上的假人，我還是臉紅心跳的很不自在。過了一會兒，我偷偷的瞄一眼坐在那個機臺前面的人，他正目不轉睛的盯著螢幕，還對著上面的美女噴了一口煙。真是有夠噁心的。

我轉頭去找小珍，突然聽到有人壓著嗓門叫：

「條子來了！條子來了！」

坐在櫃台後面的那個人馬上跳出來，一邊往裡面跑一邊叫：

「小孩子跟我來！」

原來他們真的知道進來的人有未滿十八歲的！

「陶子，快跑！」

小珍翻下摩托車，拉了我就往裡跑。我們跟著那個人躲到廁所裡面去，僅有的一間廁所，男男女女塞了六個人。那個人要我們千萬不要出聲音，而且把門反鎖好，他在門外跟剛進來的警察說：「這間廁所門壞了打不開，好久以前就不用了。」

4 飆車

昨晚我做了一個惡夢。夢見小珍拉著我在一座光禿禿的山上拚命的往上爬，後面有一群穿著制服的警察追我們。我爬得好累好累，就快爬不動了，卻發現小珍不見了！天空中出現了一個模糊的影子，看不清楚是誰，卻一再的跟我說：

「曉春啊！舉頭三尺有神明，別以為沒人看見你，其實每個人頭頂上都有個神明張大眼睛在看呢！」

模糊的影子原來是阿公，可是他不理會我的叫聲，又不見了。後來不知道怎樣，我到了一條陌生的大街，街上人來人往，車水馬龍，卻沒有一個我認識的人。我一個人漫無目的的走著，後面卻追來了一個人，他拿著一根棍子要打我，嘴裡還罵著：

「你這不知好壞的東西！」

我從來就沒有看過這個人，可是夢中的我卻不斷的說：

「爸爸，我不敢了！你別打我，我不敢了！」

然後我就被小珍搖醒了。她說：

「陶子！你叫那麼大聲幹嘛？嚇死人了！」我擦擦額頭上的汗，問小珍：

「現在幾點了？」

「十點。」

「完了！上學遲到了！」

「上學？算了吧！今天星期六，去沒幾分鐘又要回來了。下星期一再去吧！」

小珍一副無所謂的樣子，我卻很緊張。爸媽一定會到學校找我的，發現我逃家又逃學，那我是罪加一等，無藥可救了。

「我還是去一下比較好。」

「你想你爸媽氣消了嗎？說不定他們當著全班同學面前揍你，看你丟不丟臉！」

小珍說的也是，爸爸真的可能在大家面前打我，那我不如死了算了！我看還是再躲一、兩天吧。

「小珍呀！下來吃早餐吧。」

樓下有人叫小珍吃早餐，聲音聽起來老老的，應該是小珍的阿公吧。想想也真奇怪，我在小珍家睡過一個晚上了，竟然除了小珍之外，一個人也沒見過。要不是聽到樓下的聲音，我都把他們忘了呢！

小珍帶我下樓，我看見一個駝背的老人坐在一張破沙發上，前面的矮桌上，有一些塑膠袋裝的小籠包和幾袋豆漿。小珍阿公的年紀不知道多大，看他臉上的皺紋和手上皮膚的斑點，他應該比我阿公還老。

「阿公，她是我同學陶子。」

小珍阿公沒問我什麼，只是叫我一起吃。他自己隨便塞了兩個包子，喝了一袋豆漿。問小珍說：

「小華回來沒有？」

小珍忙著吃東西，隨便說了一句：「我不知道。」

要是我用這種態度跟阿公說話，鐵定一個拳頭就敲到腦袋上了。

可是小珍阿公不當一回事的繼續問：

「你幾天沒去學校了？自己要算好，免得警察又找上門來，催你去上學。我年紀大了，有東西給你吃就不錯了，讀書的事只能靠你自己啦！」

「知道啦！」

小珍不耐煩的點點頭，還朝我扁扁嘴巴。不知道為什麼，我突然沒了胃口，吃不下東西。我走到門口，看著小珍阿公吃力的踩著三輪車出門去了。

「吃飽了。陶子，等一下找到娃娃，我們再去打電動玩具。」

「我不要打了！昨天晚上擠在那間又臭又髒的廁所裡，我都快吐出來了。要是警察不相信那老板的話，硬要開門來看，我們現在就在警察局了。而且我昨晚做了一個夢……。」

「算了！算了！不去就算了。你怎麼比我阿公還囉嗦呀！」

小珍打斷我的話，客廳裡突然安靜下來。昨天剛來，那種後悔的感覺，又爬上了我的心頭。

「小——珍——。」

是娃娃的聲音！小珍跳起來去給她開門。娃娃提著一袋東西，興高采烈的進來：

「你們看我帶來的好東西！」

我沒理娃娃的「好東西」，反而先問她：

「你怎麼也沒去上學？」

「陶子，你別老是掃興好不好？來，我看是什麼好東西。」

小珍興沖沖的打開娃娃的袋子，原來裡面是一大瓶受傷消毒用的雙氧水和一瓶不知道做什麼用的藥粉。

「這算什麼好東西？這裡又沒有人受傷！」

小珍一副不屑的樣子。娃娃委屈的說：

「是你說要染頭髮的呀！沒錢去美髮店做，用這個雙氧水加藥粉，我們就可以自己來了。」

「真的嗎？」

我和小珍不約而同的問。我是不太相信，小珍卻是很想試試的樣子。我本來想叫她們小心一點，又怕小珍說我掃興。算了，就讓她們試試看吧！

她們兩個嘰嘰喳喳的上樓去了，我留在樓下發呆。爸爸媽媽現在在做什麼？阿公和阿婆呢？他們知道我逃學嗎？還有弟弟，他知道他最崇拜的，作文畫畫都第一名的姊姊，變成逃家逃學的壞孩子了嗎？

「陶子！快來，快來看看我的頭髮！」

小珍興奮的聲音從樓上傳來，把我腦子裡那些念頭趕走，我跳上樓去看她們變出了什麼花樣。

哇！難怪她們兩個想開美髮屋，速度還滿快的。小珍那頭微捲的短髮，已經覆蓋一層亮亮的金黃色，配上白皙的皮膚和深刻的雙眼皮，讓她看起來有點像外國小姐。不過這個外國小姐可千萬不要搖頭，一搖頭，底下的黑髮就跑出來了。那個樣子讓我想起了阿婆養的雜毛母雞，忍不住的笑了出來。小珍把我的笑容當做讚美，一把把我按在椅子上說：

「換你！換你！」

我說不好，她卻說不染就不是一國的，現在結拜儀式換成染頭髮。我只好說：

「那我染一點點就好了。」

娃娃把調好的藥水沾在梳子上，幫我把前額的瀏海梳幾遍，於是我也變成一隻雜毛母雞了。等小珍幫娃娃也弄好，她們就急著到外面去現了。小珍看我一眼說：

「陶子，你穿體育服真的有夠土，我的衣服借你好了。」

小珍的衣服冬天和夏天的混在一起，而且都有點怪，有露肚臍的，透明薄紗的，還有會發光的。挑了半天都不適合冬天穿，最重要的是我也不敢穿。最後，我挑了一件毛衣和牛仔褲。毛衣背後有「懶得理你」幾個字，牛仔褲膝蓋的地方破了兩個大洞。這是我找到最正常的了。我想阿婆要是看到我現在這個樣子，一定會嚇得昏倒！

終於，我們出門了。小珍和娃娃洋洋得意，我卻像全身爬滿毛毛蟲一樣難受。

我覺得那些人的眼光帶著取笑，小珍卻說那是羨慕：

「他們也想這樣打扮，可是他們不敢！」吃過中飯，我們沒地方可以去了。保齡球館、電動玩具店我都不想去，小珍的錢也花得差不多了，所以我們又晃到了公園。

「好無聊喔！」

我這幾天特別怕沒事做，一沒事做我就會煩惱要不要回家？回家後怎麼辦？再這樣窮晃下去，我的心情一定越晃越糟糕！

「是啊！好無聊喔！小珍，你想個好玩的事來做嘛！」

娃娃也這麼說。小珍想了一下，臉上出現了一抹得意的笑容。她說：

「走！我們去畫圖。」畫圖？我怎麼不知道小珍也畫圖？我高興的說：

「好啊！去哪裡畫？」

「跟我來就是了。」小珍帶著我們在公園裡亂轉，不知道在找什麼。

「小珍，你到底在做什麼啦？」

我有點不耐煩了。

「我在找牆壁呀！我們去畫牆壁。」奇怪，平常怎麼沒注意到，這公園只有欄杆，沒有牆壁？」

我沒空回答小珍，因為我看到爸爸從前面那個入口進來了。他東張西望的大概是在找我。我急忙轉身朝公園後門跑去，小珍和娃娃竟然也跟在我後面跑了起來。

不知道往那裡跑才好，我看到路口就轉彎，看到小巷就鑽進去。跑了一段路後，我才發現，竟然跑到學校來了！也好，「最危險的地方就是最安全的地方」，我就躲到學校裡去吧！反正星期六下午學校也沒人。

「陶子，你跑什麼跑嘛？」我們在操場圍牆邊停下來的時候，小珍靠在榕樹樹幹上，邊喘氣邊問我。娃娃跑得太喘，蹲在地上說不出話來。我大口大口的吸氣，過了一會才說：

「剛剛我爸爸走進公園，要是被他抓回去，我就慘了。」

小珍搖搖頭，她說：

「我還以為警察來了呢！不過，我們又沒幹嘛，根本就不用怕警察。我真是跑得莫名其妙的。欸！這邊的牆壁剛好給我們畫圖，來吧！」

她從背袋裡拿出幾瓶噴漆，給我們一人一瓶。小珍自己拿的是紅色，她先在牆上噴一條條彎彎曲曲的紅線，然後在旁邊畫一些連接的三角形，三角形上有一些火苗，看起來像是一座燃燒的森林。娃娃拿的是藍色，她畫了好多大大小小的藍圈圈，把牆壁變成一片大海。看她們畫得這麼高興，我也好想去畫，可是心裡又怕怕的。後來小珍在森林和大海中間，寫了一個很大很大的「幹」。我看了覺得很不舒服，就走過去在後面加上「什麼」兩個字。小珍聳聳肩膀沒說什麼，我卻發現畫牆壁滿好玩的。於是我用黃色的噴漆噴出了鄉下那條波光閃閃的小河，噴出了滿樹黃橙橙的橘子。再把紅色和藍色拿來，我噴出一牆夕陽西下，滿天斑斕的晚霞！

「哇！好舒服，好暢快，好棒喔！」

雖然是寒冷的冬天，我卻畫得渾身是汗。不過，這一刻卻是幾天來我最輕鬆的時候，我暫時忘記那些煩人的事了。

「什麼舒服、暢快的。陶子，這樣講你不怕牙齒咬到舌頭嗎？你就說好爽就清清楚楚啦！」

小珍說完，又開始畫起來。我和娃娃也像比賽一樣，在牆上拚命的噴上各種不同的顏色，不同的圖案。

玩了一個下午，我們又回到小珍家裡，泡麵當晚餐。這次連娃娃也一起來了，她媽媽今晚要加班，所以她可以晚一點回去。我覺得娃娃一起來比較好，因為小珍在家裡的時候總是怪怪的，不像在外面那麼快樂。多一個人，氣氛會比較正常些。

我們剛吃飽，有人回來了。不是小珍阿公，是她哥哥小華。小華騎了一部吵死人的摩托車，一進門就說：

「太好了，你們剛好三個！我們就缺三個女生，你們一起來吧。」

原來小華和他那群兄弟五個人，今晚要到外環道去飆車。他們的習慣是車後都要載個女生，小華找不到人，就回來找小珍。沒想到我和娃娃也在，他就叫門口那兩個男生不必找人了。我把小珍拉到一邊，小聲的跟她說：

「我不要去啦！」

「傻瓜！這是求都求不到的好機會呀！我哥平常都不找我的，他今天一定是找不到別人了，才輪得到我們。告訴你，那種感覺才叫爽啦，下午畫牆壁根本就不算什麼！再說……，再說……」

「別吊胃口了，再說什麼啦？」

小珍那副神祕兮兮的樣子，真是急死人了。

「再說我哥的兄弟，有一個又酷又帥的，迷死人啦！」

我搥了小珍一下，不再說什麼了。雖然心中有點害怕，不過，我想應該很好玩吧。而且小珍一再跟我保證絕對安全，她不會騙我的。

到了外環道，我發現這裡跟白天真是差太多了。路上空蕩蕩的，白天那些不知道從哪裡來的車子，又回到不知道那裡去了。兩旁剛種下的樹，還有木架子撐著，乍看之下，有點像撐著枴杖的人。橘黃色的燈光，照著眼前的人和車，有點像假的，有點像做夢。

「陶子，發什麼呆！你害怕了呀？」

小珍笑嘻嘻的問我，一副輕鬆自在的樣子。真好，她好像什麼都不怕呢！我當然不能示弱。連最可能害怕的娃娃，都穩穩的坐在小華車上，我還能說什麼呢？

5 永別

小珍死了！她真的死了。那天晚上，救護車載她到醫院的路上，她就死了。我一直在想，小珍到底到哪裡去了？那另外一個世界到底在哪裡呢？那裡有保齡球館讓她打球嗎？有電動玩具店嗎？還有，小珍可以在那裡開美髮屋嗎？或者，根本就沒有什麼「另外一個世界」，小珍就這樣不見了，沒有了？

這幾天，我一直在想這些問題，到底「死」是怎麼一回事呢？這幾天，我也一直沒說話，頂多點頭搖頭而已。媽媽跟我說：「不要想你那個同學了啦！想也沒效，死都死了。你現在要想的是，下禮拜去學校讀書，要好好讀，認真讀啦！」

爸爸和媽媽這次有點奇怪，他們在警察局的時候就和娃娃的媽媽講好了，替我們跟學校請一個禮拜的假，平靜一點以後再去上學。回到家裡，爸爸臭著一張臉，卻沒有打我，也沒問我和小咪打架的事；

媽媽不但沒罵人，這幾天還留在家裡盯著我看。這到底是怎麼回事呢？

「媽——，你怎麼不去市場呢？」

我本來是想問「你們怎麼不打我，不罵我呢？」可是這樣問好像太奇怪了。從小我就不知道要跟爸媽說些什麼，如果是阿公阿婆我就說也說不完了。現在只好隨便問問吧。沒想到媽媽聽我開口說話了，迫不及待的跟我說了一堆：

「就你們學校什麼輔導室的老師啊，他說你回來的時候千萬不要打你，說一打你又會跑掉。還說現在的孩子要人家陪，要多跟你聊聊。唉！吃到這種年歲了，還要那些還沒結婚的來教我們怎樣做父母，實在是有夠丟臉啦！小春哪，你就好好的、乖乖的去讀書，像小學時候那樣就好啦，不要再給我們找麻煩了。你看，這幾天我在家裡陪你，也沒什麼事嘛，害我少做了多少生意，少賺很多錢呢！我想，明天我就去市場啦，你在家裡不要亂跑，我會打電話回來喔！」

好啦！媽媽都安排好了，我還有什麼話說呢？好像什麼都沒發生過一樣，日子又要恢復到從前了。可是小珍死了呀，不可能恢復到從前了，不可能，不可能的！第二天一早，媽媽就跟爸爸一起出門了。面對一屋子的寂靜，我突然有些害怕起來。小珍會來找我嗎？她在摩托車後座髮絲飛舞，裙擺飄飄的樣子，一直在我的腦海出現。她用手圈住嘴巴，對我說什麼呢？她會來這裡告訴我嗎？我轉頭四處看看，沙發靜悄悄的，電視靜悄悄的，電話靜……，電話突然響了，我嚇得叫出聲來。等想到電話本來就會響的，我已經一身冷汗了。

「喂！請問要找誰？」

「陶子！我是娃娃。你怎麼啦？聲音怪怪的。」

「沒什麼！找我有事嗎？」

「沒事！我……，我一個人在家，有點……，想找人聊聊，就打電話給你了。」「喔！」

電話裡頭安靜了一會兒。小珍不在，好像什麼都不對勁了。過了一下子，娃娃才說：

「我媽把大門鎖起來，不讓我出去。她說她怕我站著跑出去，躺著抬回來。」

「你等一下！」

我放下電話，到陽台矮櫃上看看。還好，媽媽給我的那串鑰匙，好好的放在那個破了一角的花盆裡。我突然想到，媽媽不知道是不關心我，不怕我跑出去；還是她相信我，知道我不會亂跑？回到屋裡，拿起電話，娃娃問我：

「你怎麼了？」

「我去看我媽媽有沒有留鑰匙給我。鑰匙還在。」

「你媽真好。她有沒有罵你？」

「沒有！我爸也沒打我。我媽跟我說好好讀書，不要找麻煩了。」

「我媽也是這樣說。可是我早就知道，我不是讀書的料。要是我媽答應的話，我早就想到美髮屋去當學徒了。」

以前我聽小珍說過，娃娃她爸爸和媽媽離婚了。娃娃的媽媽在電子工廠上班，賺錢養娃娃和她妹妹。

「陶子，下星期一你要去學校上課嗎？」

娃娃的問題，正是我這幾天除了小珍以外，最常想的一件事。我下星期要不要去上學？我從來就不認為自己不是讀書的料。國小的時候，雖然全班只有十五個人，但是我仍然是第一名畢業的呀！

我想我認真一點，成績應該不會太爛吧？可是我不喜歡這個學校。一班五十幾個人，要不是上次逃學，不然快一學期了，老師還不曾單獨跟我說過一句話呢！

我也不喜歡這個老師。我總覺得她好像不太喜歡學生，臉上沒什麼笑容，動不動就是：

「我還是通知家長好了。」

更重要的是，在學校除了小珍和娃娃以外，我沒別的朋友。現在小珍死了，娃娃如果不來學校，我就只有孤孤單單一個人了。可是如果我不去讀書，我要做什麼呢？娃娃要去美髮屋當學徒，我呢？還有，爸爸媽媽不可能答應我不讀書的。他們連我想回鄉下念國中都不肯了，說什麼鄉下國中考不上高中，一定得在這裡念才行，他們怎麼可能答應我不讀書了呢？我只好跟娃娃說：

「到時候再說吧。」

然後我就不知道該說些什麼了，娃娃也安靜了好久，終於她說：

「再見！」就把電話掛斷了。

真奇怪！我們竟然都沒有提起小珍，其實我心裡一直都想著她呀！不知道怎樣，我突然覺得跟娃娃有種陌生的感覺，我好像從來就不曾真正的認識她一樣。

不管我怎麼想，時間還是過去了，媽媽又帶著我到學校來。這是她第三次帶我到學校，第一次是新生報到，因為我不知道學校在哪裡；第二次是我逃學，這一次是我逃家，難怪她一直叫我不要再找麻煩了，我真的是個麻煩的孩子。

我們先到輔導室去。我沒想到自己也有到輔導室的一天，我一直認為這裡是「問題學生」才要來的。也許我沒錯，只是我自己變成

「問題學生」了。

「陶太太，請坐。曉春，你也坐。」

一個滿面笑容的女老師，帶我們到輔導室裡的一個小房間坐下。我有點受寵若驚，我一直以為我是來挨罵的。這個老師讓我想起了國小的級任老師，她們都有一臉燦爛的笑容。

「我姓陳，叫我陳老師好了。」

我沒說話，媽媽卻急著問：

「陳老師，我們曉春本來很乖的，國小還是縣長獎畢業的呢！一定是那些孩子把她帶壞的啦。拜託，不要把她分到壞班去喔！拜託一下啦。」

我低著頭，不敢看媽媽的表情。她真的那麼在意我會被分到壞班去嗎？是為了怕丟臉？還是關心我？

「陶太太，你儘管放心，我們現在是常態分班，沒什麼好班壞班的。曉春只要好好來上學，一定沒問題的。」

「曉春，聽到沒有，乖乖來學校，不要亂跑了啦。」

媽媽大概一邊說一邊盯著我看，我還是低頭看我的鞋子。本來以為這個老師會有什麼新花樣，沒想到還是老套！

「曉春，過去的事就過去了。現在重新再來，憑你的能力，一定可以表現得很好。在學校有什麼問題，可以告訴你們老師，或是來找我。好不好？」

找老師有什麼用？又不能請老師說：

「各位同學，你們一定要跟陶曉春一起玩喔！」

我們早就不是幼稚園的學生了。我盯著鞋子，發現鞋面上有塊痕跡，回去該把鞋子洗一洗了。

「曉春，你怎麼不說話？快說謝謝老師呀！」

媽媽用力扯我的袖子。陳老師很快的說：

「沒關係，沒關係。以後我還會找曉春來聊聊。陶太太，上次我們談的你有照著做嗎？」

「欸⋯⋯，有⋯⋯有啦！我儘量陪她啦。」

從頭到尾我都沒說一句話。媽媽陪我到教室的路上，生氣的對我說：

「你變成啞巴啦？」

我還是沒說話。我不想說話，我不知道說什麼好。到了教室，是班導的課。她叫我進去坐，然後跟媽媽說：

「有事我會跟你聯絡。」

媽媽走了，我進教室。雖然有點害怕，但是我強迫自己把頭抬起來，對同學們那種一致的、奇異的眼光，裝做沒有看見。

我回到學校來了，娃娃卻一直沒有出現。我打電話找不到人，又不想去問班導。我決定就當做她跟小珍一起去開美髮屋了，不然我沒辦法面對教室裡那兩張空蕩蕩的椅子。

接下來的一個月，真是痛苦的一個月。我乖乖的上學放學，吃飯睡覺。在家沒人可以跟我說話，在學校沒人會跟我說話。就連小咪也不知道吃錯什麼藥，見了我像見了鬼一樣，跑得遠遠的，不找我麻煩了。所以我上課聽懂的我就聽，聽不懂的我就睡覺，睡不著我就看小說。小說裡有英俊的男主角、美麗的女主角，還有他們之間纏綿悱惻的愛情故事，這些故事幫助我打發無聊的時間，讓我不再害怕的胡思亂想。

還好有這些書讓我暫時忘記真實的時候，可是沒人可以分享討論，卻是一大遺憾！在鄉下，屋後阿洪家隔壁的明珠姊姊，是我最好的朋友。我們總是一起鑽進書中的世界，跟著女主角一起歡笑，一起哭泣。雖然她那時候已經高三，我才六年級，不過對於「愛情」我們卻看法一致。明珠姊姊曾說：

「曉春，我真不相信你才六年級！你啊，太早熟啦！」

後來她為了考大學，依依不捨的把四十幾本的羅曼史送給我，還特別說清楚，她隨時要借的話，我都不能拒絕呢！

現在想這些有什麼用呢？明珠姊姊現在正是快樂的新鮮人，早就忘了我這個小朋友了！

一個月過後，要放寒假了。我早就跟爸爸媽媽說好，寒假我要回花蓮鄉下去。上課的最後一天，我背著大背包，帶著火車票去上學。我打算一放學就坐公車去火車站，然後直奔我日思夜想的故鄉。真的，我深深覺得，台北不是我的家。

不過，交完最後一張考卷，大家等班導吩咐寒假作業的空檔，卻發生了我怎麼想也想不通的事。坐在我前面的徐書婷，那個功課一級棒，跩得誰都不理，除了我之外，班上另一個大怪胎的徐書婷，竟然走到我的面前，吞吞吐吐的說：

「陶，陶曉春，你平常……平常看的那種書，借我兩本，寒假……寒假在家裡看。好不好？」

說完她也不看我，只是捏緊雙手，低頭深深吐了一口氣，好像剛做完什麼殺人放火的事一樣。

不知道為了什麼，我竟然有點緊張。我用微微發抖的手打開背包，拿了兩本書給她，心裡想著：

「這到底是怎麼一回事？」

6 希望

火車「哄攏！哄攏！」的向前跑，我的心「噗通！噗通」的一直跳。啊！都市已經被遠遠的丟在後面，我看見蔚藍的天空，我看見陽光下閃著金光的大海；我看見青色的山脈，我看見山上斑斑點點的楓紅。火車鑽進山洞，火車鑽出山洞；火車又鑽進山洞，火車又鑽出山洞；鑽進鑽出，鑽進鑽出。我知道，我要回到家了。

火車在花蓮停過繼續往南開，我把架子上的背包拿下來，準備下車了。離開將近半年，再度看到熟悉的景物，我有種想掉眼淚的感覺。眼淚，在看到月台上的阿公時，真的掉下來了。原本希望有一場像書上說的，親人久別相見那種又深又長的擁抱，阿公卻只是拍拍我的肩膀說：

「有長高喔！穿這樣，像個台北人了。」

唉！早知道那種擁抱是外國人才有的。我偷偷擦去眼淚，看看自前座的這個男生，長得有點像吳奇隆。他看人的眼神，讓我的心顫抖不已，忘記了什麼叫做害怕。剛開始，我把手放在他的肩膀上，到了出發點，他告訴我：

「我不怕癢，你最好抱緊我的腰，不然速度加快以後，你可能會飛出去。」

我的手輕輕放在他的腰上，心兒噗通噗通的跳得厲害，兩頰火辣辣的熱了起來。等他油門一催，我才知道厲害。風聲呼呼的在耳邊掃過，我的短髮被扯得直立起來，頭皮發疼；心臟就像含在嘴裡亂跳一通，兩頰的熱度降到冰點，連手心都冒出了冷汗。我以為我們是最快的了，後面卻有一輛車追了上來。是小珍！她真的很大膽，一手抱住前面的男生，一手竟然舉起來朝我揮了幾下。

呼嘯的風中，她髮絲狂舞，裙擺飄飄，兩旁的路樹連成了一條黑色的線，伸入看不清楚的前方。小珍把一隻手圈在嘴邊，不知道對我喊些什麼。我不敢放手，只能拚命的搖頭。一下子，他們就把我們丟在後面，衝到前面去了。突然，就在我的眼前，我看到他們的車子衝出馬路，倒在地上。兩個黑影彈到空中，又摔到地上！

我拚命眨眼睛，再眨眼睛，希望只是我一眼花。可是，長長的一聲「吱——」，是我們的車子突然煞車了。一定是前面的男生也看到出事了！

車子停下來了，我急忙跳下來往回跑。車子真的倒在地上，車上的兩個人卻不見了！後面又來了一些人，小華和娃娃也來了。忽然，有人叫了出來：

「那邊！在那邊！」

我看到小珍了！她趴在雜草叢裡，頭髮和短裙跟著雜草在風中微己的衣服。棒球夾克、牛仔褲，沒什麼特別的嘛。大概是這雙厚底的布鞋吧，我們班的同學都這樣穿，國小的時候倒是真的沒看誰穿過。我把腳舉高一些，跟阿公說：

「是鞋子長高了啦！」

回家的感覺真好。菜園裡，山坡上一定可以找到阿公或阿婆，跟他們一起澆水、抓蟲，還可以講些有的沒有的。不然和弟弟一起剖竹子做風箏，曬芒花紮掃把，或是在門前的小河上跳石頭。自由自在，快樂逍遙。更重要的是，三餐都有阿婆親手煮的飯菜，不必站在自助餐店苦惱要吃什麼，這一點就夠幸福的了。想到以前和弟弟老是吵著阿婆讓我們吃泡麵就好笑，我現在想到泡麵就倒胃口呢！阿婆說：

「人在福中要知福啊！現在知道阿婆好了吧？」

最最最棒的是曬穀場左邊的那片稻田，阿公種的油菜正在開花，一片燦爛金黄的油菜花，讓誰看了都要滿臉笑容。我最喜歡靠在曬穀場邊的玉蘭花樹上，對著一片花海做白日夢。夢裡有一位英俊的王子，騎著白馬來到我面前。他彬彬有禮的扶我上馬後，我一手攬著他的腰，一手揚起跟朋友揮別。然後白馬載著我倆隱身在浪漫的花海裡。

這天，我又在玉蘭樹下為我的白日夢添加情節，一個不速之客卻打斷了我的夢想。

「曉春！還記得我嗎？」

是明珠姊姊！雖然她的頭髮長了，燙得捲捲的了，可是我怎麼可能忘記她呢？

「明珠姊姊！你怎麼會在這裡？你不是到新竹念大學了嗎？」

「放寒假我回來過年呀！被你們家這片美麗的油菜花吸引過來

了，更重要的是來看看我的小朋友回來了沒有啊。怎麼樣？台北好不好玩？」

這是我回來這麼多天，第一次有人問起台北的事。阿公阿婆好像講好了一樣，都沒問台北家裡的事，連最好奇的弟弟也沒問。這就讓我納悶了。不過沒人問也好，我就當做是場惡夢，忘記算了。像明珠姊姊這樣突然問起來，我竟然不知道怎麼回答才好。

「我……我想清楚了再說吧！你呢？上大學一定很棒吧？」

「當然很棒囉！我啊，就像破繭而出的蝴蝶，沒有束縛，自由自在。跟國中、高中那種為考試而讀書的日子，真是天上地下的差別呢！」

「你是說在大學裡，愛怎樣就怎樣，不讀書也可以？」

「不對！不對！你弄錯我的意思了。不讀書當然不行，不過我們不像以前那樣，為了考試死背書；現在我們可以有自己的想法，自己決定讀什麼，怎麼讀。而且啊！大學生活多彩多姿，不止讀書而已喔！」

憑著我的敏感，和以前跟明珠姊姊的默契，我知道一定有什麼事情發生了。

「哦——，你談戀愛了！對不對？」

明珠姊姊的臉馬上紅了，她笑著說：

「你這早熟的小鬼，什麼都騙不過你！」

「快說，快說。別忘了你曾答應我，有了白馬王子一定會告訴我的。」

「唉！問題是，我的白馬王子不止一個呀！曉春，愛情並不像我們以前想像的那樣，全都是快樂、甜蜜、溫馨哪！」

「到底怎麼回事呢？」

「我有個三年級的學長，很安靜，不太講話，看起來有點呆呆的，就像那個歌手王中平一樣。他對我非常好，處處照顧我，幫我安排好一切事情。本來我也以為他就是我等了好久的白馬王子，開始喜歡他了。可是最近我們班上有個男生，跟我一起負責班刊，他高大又英俊，有點像那個愛慢跑的小馬哥。而且他幽默風趣，寫得一手好文章。我發現自己也喜歡他，不過他身邊總是圍繞著好多漂亮女孩，我不知道有沒有希望。這兩個人，讓我不知道選那個才好。」

明珠姊姊一口氣說了兩個男生，確實是我們以前沒想過的情況。看她皺著眉頭的樣子，我說：

「要是有第三種選擇就好了。」

「什麼第三種選擇？」

「就是有像小馬哥那樣讓你喜歡的男生，他像王中平喜歡你那樣的喜歡你。那麼選這第三個就沒錯了！」

「曉春，你想得太美啦！天下那有這種好事？不過在來你們家的路上，遠遠的看到這片油菜花，我想到了我們教授說的一個童話故事，我已經做好決定了。」

「什麼故事？什麼決定？」

「我先說故事，聽完後你來猜猜我的決定是什麼。」

太棒了！我好像又回到小學時代，在這棵玉蘭樹下，用最舒服的姿勢躺著，聽明珠姊姊講故事。

「這故事叫做『羽扇豆婆婆』。很久很久以前，有個小女孩常常坐在她爺爺的膝蓋上聽爺爺說故事。每次聽了爺爺說的很遠很遠的地方的故事之後，小女孩就會告訴爺爺，她以後也要到那很遠很遠的地方看看。她還告訴她爺爺，她長大以後也要像爺爺一樣，住在海邊。爺爺總是笑咪咪的告訴小女孩，還有一件很重要的事要做，那就是要做一件使世界更美好的事。小女孩長大以後，真的到了很遠很遠的地方，後來也真的回到海邊來住了。這時候，她已經由一個小女孩變成老婆婆了，可是，什麼事能使世界更美好呢？她一直想不出來。後來因為她門前花園裡的羽扇豆種子，跟著風飛上了小山坡，讓山坡上開滿了各種顏色的羽扇豆，這件事給她一個靈感。她買了很多羽扇豆的種子，到處去撒。田野間、海岬上、高速公路邊、鄉間小道上、學校教堂的周圍、山洞裡、矮牆邊，到處灑滿了她的羽扇豆種子。人們開始喊她瘋狂的老婆婆。可是第二年以後，到處都開滿了羽扇豆的小花，大地像一片花海那麼美麗。從此以後，小城裡的羽扇豆越開越多，大家都叫她羽扇豆婆婆。她終於完成了她答應爺爺的第三件事，做一件使世界更美好的事！」

明珠姊姊講完故事，兩個眼睛盯著我看，好像等我說話一樣。我傻傻的問她：

「你一直看我做什麼？」

「做什麼？猜猜我的決定呀！」

「哦！這故事是真的嗎？它跟你的決定有關係嗎？」

明珠姊姊笑了一笑，她說：

「這故事是不是真的並不重要。眼前的花海讓我想起了故事裡的花海，我也要做一件使世界更美好的事。至於那兩個男生，我決定慢慢觀察再說。」

「你是說你要先做一件讓世界更美好的事，再決定跟誰談戀愛？」

「沒錯！我現在覺得談戀愛並不是最重要的事，不必著急。」

「那你打算做什麼事讓世界更美好？」

「我還不知道呢！要好好想一想才行。你呢？想不想做件大事？」

「大事？我連書都讀不好了，還能做什麼大事。」

「欸！你不是第一名畢業的嗎？怎麼說這種話？」

我看見明珠姊姊關心的眼神，我知道她絕對不會嘲笑我。於是，我把在台北發生的事，完完整整的告訴她，一點都沒有隱瞞。她攬著我的肩膀，好久都沒說話。一種溫暖的、關心的、了解的感覺，從明珠姊姊的手心，經過我的肩膀，來到我的心中。我頭一歪，靠在她肩上，眼淚像打開的水龍頭，流個沒完沒了。小珍死後，我一直強忍著的淚水，痛痛快快的流光以後，心裡真的舒服多了。過了好一會兒，明珠姊姊問我：

「下學期呢？你要在那裡上學？」

「還是台北吧。我爸媽一直認為我是被小珍她們帶壞的，現在小珍和娃娃都不在學校了，我應該恢復正常才對。」

「你自己呢？你想你能不能恢復正常？」

我想了一會兒才說：

「不逃學，不逃家我是做得到。我覺得不上課，整天在外面混，混久了也很無聊。而且那些地方好貴，花錢花得很快，我爸媽賣一整天水果賺到的錢，大概兩三個小就花光了。可是功課方面，我好像變笨了，上課都聽不懂，想要恢復以前的成績，大概是不可能的。」

「這沒問題！只要你想讀書，我給你當家教。你的書有沒有帶回來？」

「沒有。不過我爸媽回來過年的時候，可以幫我帶回來。可是，我的數學真的很爛，不知道還有沒有救。」

「好吧！就讓我看看到底有多爛吧。說不定因為我的指導，開發你的潛能，長大後變成偉大的數學家，這就是我使世界更美好的貢獻呢！」

我不知道什麼是潛能，不過我發現明珠姊姊還是跟以前一樣愛幻想。就憑我，想當數學家，那簡直就是要太陽從西邊出來嘛！不過，她可是新竹師院的大學生，未來的老師，說不定我還有希望喔！

7 英雄

快樂的時光總是特別短暫，舊曆年過了，寒假過了，我帶著「既期待又怕受傷害」的心情回到台北。期待的是，明珠姊姊在寒假為我補的「功力」，能讓我重振往日雄風，恢復信心；怕的是「沒有朋友的學校」、「沒有家人的房子」，那種寂寞孤單，會吞噬我振翅欲飛的決心。

踏出火車站大門，竟然看見媽媽在前面跟我招手。她跟爸爸年初二就上台北來了。因為過年期間，大家出門拜訪親戚朋友，免不了要帶些禮物的，所以這段時間是水果攤的黃金時間。媽媽怎麼會放下生意來接我呢？

「曉春哪！過年時間，公車班次都不準，我怕你等不到車，就……，就來接你啦！」

真奇怪！大街上公車還是到處跑呀，再說我又不趕時間，等一下微飄動，她自己卻是……，卻是一動也不動的！

車有什麼關係？媽媽好像在找藉口喔。我還發現，她本來要拉我的手的，不知道為什麼後來只是把我的背包接過去，就轉身走在前面了。

跟著媽媽走到放摩托車的地方，她把背包放在前面踏板上，叫我坐上後座。我坐上去，卻不知道該把手放在哪裡。真的，從我上幼稚園開始，媽媽就沒抱過我了，現在要我搬她肩膀或是扶住腰部，我都覺得很奇怪。考慮了一會兒，我握住後面突起的鐵桿，等媽媽發動。媽媽好像也在等什麼，過了一會兒才說：

「坐好了嗎？」

「好了！」

我們兩個都沒再說什麼，媽媽發動車子載我回家了。

晚上，我在房裡準備明天上學的東西。媽媽在客廳叫我：

「曉春！你出來一下。」

我到客廳，發現爸爸也回來了。他們兩個坐在那裡，好像有什麼重要事情跟我說的樣子。

「曉春，明天上學的東西準備好了嗎？」

爸爸先開口問我，看我點頭，他又說：

「這次你真的要認真讀書了。我和你媽媽講好了，以後水果攤我自己顧，她在家裡煮三餐、做家事，把家裡照顧好再來幫我忙。像你阿公說的，『錢有四隻腳啦，我們人只有兩隻腳，怎麼追都追不完的。』我想我們以前真的太疏忽你了。」

我知道爸媽回花蓮的那段時間，常常和阿公阿婆聊到好晚才睡。

阿婆還跟媽媽笑我說：

「阿春這孩子，以前老是吵著要吃泡麵，去台北回來，說聞到泡麵就想吐啦。整天賴在我身邊，餓鬼似的一直問今天吃什麼。一點女孩子的樣子都沒有！」

阿婆邊說邊笑，我知道她不是真的罵我，就跟她說：

「阿——婆——，誰叫你煮的東西都那麼好吃，人家想吃嘛！」

我記得當媽媽沒說什麼，只是表情有點怪怪的。難道她是在吃醋？吃我和阿婆的醋？那麼她應該是很在意我，很疼我的囉？

「曉春，你在想什麼？這樣不好嗎？」

媽媽看我沒講話，急著問我。我趕緊說：

「好，這樣很好。我會認真讀書的，我一定會認真讀書的！」

哇！新年新希望，不對，應該是「新年新氣象」才對，我想今年一定要好好表現才行！

第二天到了學校，我才發現好事還不只一件，我們班導換人了！那個臉上沒什麼笑容，老是說「我跟你的家長聯絡」的李老師，「為了一些事情」辭職不幹了。現在我們的班導，就是上次在輔導室跟我說話的那個陳老師。我記得她跟我國小老師一樣，都有一臉燦爛的笑容。

「各位同學，下學期換導師是有點奇怪。不過李老師確實有不得已的苦衷，所以就由我來跟大家同一班。對我來說，每個同學都是新面孔，不管你以前功課是好是壞，你是班上的萬人迷還是大怪胎，我都不清楚。我只看你現在的表現，來決定我對你的印象。所以，是好是壞，全看你自己囉！喔！還有，我最喜歡看週記了，什麼都可以寫，簿子不夠還可以多貼幾張紙上去。我啊，不怕你寫只怕你不寫！」

這是陳老師第一次跟全班見面的時候說的話。奇怪的是她怎麼說「每個同學都是新面孔」呢？她應該見過我才對呀！不過為了逃學逃家的事跟她見面，也不是什麼光榮的紀錄，而且我正打算重新來過，她忘記了最好！現在最大的問題是同學，她們還是把我當做「看不見、摸不著、聞不到」的透明人，讓我感覺像上學期一樣。應該不是小咪才對，我發現她一到下課間就往三年級的教室那邊跑，根本沒時間理我們班上的同學。那他們為什麼還是不理我呢？算了！不理就不理，等我考試全班第一名的時候，就換我不理你們了。

「陶曉春，等我一下！」

回家的路上，竟然有人叫我。我回頭一看，是徐書婷。對了！她跟我借過兩本書，大概看完要還給我。

「書，還你，謝，謝！」她說話的時候有點喘，大概跑太快了，不過她滿胖的，胖子本來就比較容易喘。我對她點點頭，算是回答。

我到現在都還搞不懂她到底要做什麼。要看書便利超商就有得買，不然租書店到處都是，用租的也很方便。她為什麼要找我這個逃家又逃學的鄉下土包子呢？

我把書收好，繼續向前走。徐書婷在我身邊也往前走。

「還有事嗎？」我停下來問她。

「沒有。」

「沒事幹嘛一直跟著我？」

「跟著你？喔！你弄錯了，我要回家。我家就在你家巷口的那棟大樓裡。」

那棟大樓是附近的高級住宅區，有專屬的社區警衛、公共庭院，聽說還有室內游泳池、健身房什麼的。我們家那破舊的五樓公寓，站在大樓旁邊，簡直就像垃圾堆一樣。我想不通，為什麼徐書婷功課好，家裡又有錢？老天爺是有點不公平！不過，看她那胖嘟嘟的身材，深度近視的瞇瞇眼，我想阿公說「有一好沒兩好」還是有點道理的。

「你有沒有……？」

徐書婷突然說些什麼，聲音太小我沒聽見。

「你說什麼？」

「我是說你有沒有談過戀愛。」

「我？你怎麼會問我這種問題？」

「你看起來很……，很敢的樣子，而且人又長得漂亮，還有，我常常看你在看愛情小說，我想……我想你應該有一些經驗吧！」

拜託！她竟然認為我這個土包子漂亮，真是天大的笑話！我把頭搖得快要掉下來的跟她說：

「你完全搞錯了！我一點經驗也沒有，頂多在腦子裡幻想幻想而己。」

「喔——。」

長長的尾音裡，我聽出徐書婷深深的失望。奇怪了，我沒談過戀愛她有什麼好失望的？本來想問個清楚，她家已經到了，她說聲再見就走，我擺擺手不再問了。

回到家，媽媽正在煮飯。我跟她說：

「媽，我們老師換人了，換成上次在輔導室看到的那個陳老師。」

「喔！那很好呀，你要好好讀書喔。」這是媽媽的回答。

她好像除了好好讀書以外，就不知道要跟我說些什麼的樣子。不過她留在家裡，我就很滿足了！

漸漸的我發現上課不再無聊了。老師上課說的我大部分都聽得懂，有一次國文小考還得到滿分呢！雖然在班上還是沒什麼朋友，徐書婷卻常跟我借小說，放學也跟我一起回家。更重要的是，陳老師真的很愛看週記，她不但愛看，她還愛寫！有一次她在我的週記簿上寫得比我寫得還多呢！我開始像喜歡國小老師一樣的喜歡她了。

這天，教務處宣布教室環境佈置比賽。陳老師說學藝股長是當然的負責人，不過她要指定幾個人共同負責策畫。

「陶曉春、徐書婷，你們和學藝股長共同想點子，星期六班會提出來給大家決定。」

全班同學的眼光都看向我和徐書婷這邊來，學藝股長更是張大嘴巴一副「啞巴吃黃蓮，有苦說不出」的樣子。真的，誰要像她一樣得和班上兩大怪胎合作，誰的表情都會跟她一樣難看。我不怪她那個誇張的樣子，不過我在心裡悄悄的說：

「等著瞧吧！我一定會讓你們刮目相看。」

就在我暗自感謝老師的時候，徐書婷卻舉手了，她說：

「老師，可不可以換別人，我沒有時間。」

「書婷，你那麼聰明，點子一定很多。為班上盡一份心力嘛，這是班上每一個人都該做的事呀！」

老師說完，擺擺手要徐書婷坐下。徐書婷皺著眉，一雙瞇瞇眼幾乎變成一條線了。學藝股長張素惠在打掃時間結束後來找我們，她板著一張臉，完全出於無奈的樣子。等我說了構想，試畫幾筆以後，她才說：

「你滿厲害的嘛，難怪老師要指定你策畫。」

徐書婷在旁邊一直看手錶，放學鐘聲一響完，路隊都還沒走光，她背起書包也走了，甚至沒問我要不要一起回去。

這種情形一直到我們得了環境佈置比賽第二名回來，都沒有改變。這段時間，有人剪花邊、有人上色、有人寫字、有人……，大家忙得興高采烈的時候，徐書婷總是悶在一邊不情不願的工作。只要回家時間一到，她一定走人。那次為了趕工，星期六全班留下來，連小咪都來了，她卻缺席。我一直不知道老師指定她策畫的原因。

不過我卻因為這次比賽，變成了英雄。我們把上學期第一名，臭屁得要命的三班比下去，大家都高興得不得了。張素惠更是把所有的功勞都堆在我頭上，連刊頭那幾個徐書婷寫的美術字，她也記成是我的傑作了。有了素惠的推銷，我好像已經撕去了「怪胎」的標籤，變回一個「看得見、摸得著、聞得到」的普通人了。我在週記上感謝班導的賞識，她批給我的卻是：

「不必感謝老師，你能獲得稱讚，是因為你肯付出。當一個人決心向上，誰都會拉他一把的。」

或許老師還記得上學期的我吧，但是那已經沒有關係了。我的下一個目標是成績，我要讓同學們再一次刮目相看，我要讓爸媽放心，讓明珠姊姊安心，我要衝上第一名！

8 目標

「天下無難事，只怕有心人」這是明珠姊姊說的；「戲棚下站久了，位置就是你的」這是阿公說的，我自己想的是：「一分耕耘，一分收穫」。忙完教室佈置比賽後，我非常認真的開始準備第一次段考。國文、歷史、地理都沒有問題，健康教育和生物也還好，麻煩的是英文和數學。我覺得外國人真是無聊，講話就講話嘛，還分什麼「過去式」、「現在式」、「未來式」，再加上單字、片語、音標、句型什麼的，搞得我一個頭兩個大！有時候我真希望二十一世紀趕快到來，不是常常有人說嗎，「二十一世紀是中國人的世紀」，中國人的世紀當然說中國話囉，那我們就不必這麼辛苦的學英文了。不過對付英文我可以用背的。我在廁所的抽水馬桶上放一本單字彙編，在餐桌上放一本片語集，在客廳的茶几上放一本文法書，走到哪裡看到哪裡，連晚上做夢都掉進二十六個字母堆裡！

可是數學就沒輒了。寒假的時候我跟明珠姊姊說幾何圖形沒問題，她就把重點放在一元一次方程式上面。現在我被三角形和平行四邊形的那些內角、外角、鈍角、銳角、直角、平角、餘角、補角，什麼角跟什麼角的搞得腦筋全攪在一起了。背是背得起來，可是考試又不考名詞解釋，老是考一些連題目我都看不懂的東西，我真是有夠悽慘的。那天，我趁徐書婷跟我借羅曼史小說的時候問她：

「書婷，這個五邊形的外角和是多少要怎麼求呀？」

「這個老師上第一章的時候不是講過了嗎？」

她拿了書，做了一個「怎麼連這個都不懂」的表情。我捏起拳頭，真想一拳搥在那張胖嘟嘟的臉上。可是我決定不再打架了，而且是我有求於她，怎麼能動手呢？但是她真的太不夠朋友了，我把書拿回來，跟她說：

「我笨嘛！你最好別看笨蛋的書，免得被傳染變笨了！」

我已經很明顯的表示我生氣了，沒想到徐書婷竟然說：

「別傻了，笨是不會傳染的，我還是可以看你的書。來，我教你怎麼求五邊形的外角和吧。不過我的時間不多，你要快點才行。」

我真是服了她了，不過既然她要教我，我就不跟她計較了。

徐書婷講了三遍，我才搞懂，我好像真的變笨了。等我終於點了頭，徐書婷鬆口氣說：

「我浪費太多時間了！今天教的英文單字，我都還沒背呢！我真的沒時間教你，你以後還是問別人好了。」

我總算知道我們班這個第一名的高材生，變成人人討厭的大怪胎，是什麼原因了。她根本沒時間交朋友，她也不想交朋友。可是她為什麼會等我一起回家，跟我借那些「不是課本」的愛情小說呢？算了，我才沒那麼多時間管她，再說那些書我現在也沒空看，就借給她好了。

還好有了共同策畫教室佈置比賽的經驗，我跟張素惠已經成為好朋友了。因為張素惠，我也跟班上其他一些同學熟悉起來。所以功課有什麼不懂的地方，我就去問別人，再也不去碰徐書婷的釘子了。可是素惠她們的數學好像也高明不到哪裡去，每次討論功課沒有答案，反而談天談得忘了時間。有一次我聊得愉快，忍不住跟她們說：

「以前怎麼都不知道你們這麼好玩？真是有點相見恨晚哪！你們上學期怎麼都不理我？」

「拜託，我們才不知道你這麼厲害！上學期看你和戴宜珍她們一夥，還以為你跟她們一樣會耍太妹呢！我姊姊就警告過我，少跟那些人接近，不然就完蛋了。」

「是啊！戴宜珍從國小開始就不跟我們一起玩了，上了國中更不可能在一塊兒。」說話的是許月美。她的功課是我們這幾個人裡最好的，上學期段考都到五到十名之間，正是小珍看不順眼的「只會讀書討好大人」那一型的，難怪和小珍她們湊不到一塊兒。

我沒說什麼，小珍都已經不在了，再講什麼也沒用。再說她們對小珍的看法也沒什麼不對，或許我該慶幸自己沒變成那樣呢！

還有，她們一定以為我的成績向來就是上學期那樣爛透了。這是我下一個要改變的目標，希望這次段考能達成目標，不但要超越許月美，最好把徐書婷的寶座也搶過來！

對於第一次段考，我是期待多於害怕的。大概沒有那個學生像我一樣，希望快點考試的吧？考試前一天晚上，我竟然高興的睡不著！我不斷的想像爸爸媽媽、老師同學他們大吃一驚、不敢相信的樣子。

好不容易捱到十二點，才停止翻來覆去，終於進入夢鄉。

第一天考完後，我更是信心十足。國文、史地和生物，沒有滿分至少也有九十幾吧！可是第二天，數學考卷發下來以後，我知道完蛋了！因為把會寫的都寫完了之後，我發現還有一大半空在那裡。摸摸頭髮，咬咬鉛筆，瞪著天花板發呆，我怎麼都弄不出答案來。聽見別人作答沙沙的鉛筆聲，我急得一身是汗了。

忽然，我發現坐在前面的徐書婷也停下來了。該不是她也不會寫了吧？要是連她都不會，那鐵定大部分的人都不會，那我就不必害怕了。可是她不是停下來發呆的，她轉轉脖子，甩甩手，又開始埋頭苦幹起來。我搖搖頭，嘆口氣，嘲笑自己想得太美了。不過，等等，我發現徐書婷趴在桌上作答，她那張開的左手臂和身體之間，有一截考卷露出來！

我轉頭看看監考老師，她坐在講桌後面，伸出五個手指頭，正在欣賞她的指甲。這是個千載難逢的好機會，能看多少，就抄多少吧！

「曉春啊！舉頭三尺有神明，別以為沒人看見你，其實每個人頭頂上都有個神明張大眼睛在看呢！」

不知道怎麼搞的，阿公的話又在耳邊響起。我明知道看不見什麼，還是忍不住抬頭看看。這一抬頭，剛好和監考老師對看一下。她面無表情的又低頭看指甲去了，我趕快把臉埋在考卷裡，費力的安撫狂跳不止的心臟。然後，下課鐘聲響了。

老師們改考卷的速度好快，大概不想讓我們懷著七上八下的心情過春假吧，每個科目，考完隔天考卷就發下來了。考完第二天是星期六，我們隨便開完班會，剩下的時間就忙著計算總分排名次了。

「我知道你們都很在乎成績，可是分數真的沒什麼意義。重要的是要藉考試來了解你學會了多少，還有什麼地方要加強。你們不要這麼緊張好不好！」

看見我們忙著去問別人的總分，班導這樣跟我們說。大家聽了都呆住了，分數怎麼會不重要呢？上學期李老師告訴我們，上二年級的時候要分班，成績不好的會被分到後段班去。我們都知道，「後段班」就是「放牛班」、「壞班」，分到那裡去就像提早告訴你考不上高中，宣判死刑了。那時候我不在乎，可是現在「分數」是最重要的目標呀！別的同學應該也是這樣，因為我馬上就聽見張素惠很誇張的叫了：

「老師，考不好回家就完蛋啦！我媽鐵定罵得人抬不起頭來，我爸說不定一個禮拜不跟我說話呢。」

「還有，上二年級不是要分班嗎？被分到後段怎麼辦？」

許月美最擔心的就是被分到壞班，她爸媽希望她以後唸台大，現在一定得進好班才行。

還有一堆人嘰嘰喳喳的告訴老師分數的重要，我看全班沒說話的就只有三個人，小咪、徐書婷和我。小咪根本就趴在桌上睡著了，大概昨晚玩到很晚才睡吧。徐書婷拿著考卷不說一句話。那個大怪胎，一定是第一名的。說不定現在正在背下一課的英文單字呢！

我呢？我被數學成績氣死了！三十五，還有什麼奇蹟好期待的？我真的很沒用欸！本來春假我想好好獎勵自己，多看幾本羅曼史的。現在，我也不知道春假該開始準備下一次考試好，還是乾脆放棄算了？

下課鐘聲響後，我到走廊上趴著欄杆發呆。我那麼認真，那麼努力，那麼用功，為什麼只有三十五？

「嘿！曉春，你第二十一名，進步十八名耶！」

素惠過來拍我的肩膀，把她認為的好消息告訴我。我撇撇嘴巴，做了一個連我自己都知道難看的笑容，沒說什麼。

「你怎麼了？好像一點都不高興的樣子。」

「高興？我數學才三十五分欸，怎麼高興得起來？」

「怎麼會這樣？我數學已經夠爛了，還六十二分呢！你怎麼會……」

大概發現我的臉色越來越難看了，素惠終於閉上她的大嘴巴。她無趣的在我旁邊站了一會兒，突然想到什麼似的，神祕兮兮的說：

「你知道徐書婷這次第幾名嗎？」

「你這不是問我今天太陽從那邊出來嗎？她哪次不是第一名？」

「對不起，太陽還是從東邊出來。不過這次徐書婷她第——

五——名——！」

素惠把聲音拉長，表示驚訝。不過我覺得她好像還有點高興的樣子。我也知道，幸災樂禍是不對的。可是我突然覺得，三十五分的打擊沒有那麼重了，連「仙人也會打錯鼓」呢！哈，這也是阿公說的。

回家的路上，徐書婷一直都沒說話。我剛才聽到她第五名那種莫名其妙的高興早就不見了，數學考卷上那「35」的兩個紅字，還是在那嘲笑我的努力。我們倆像世界末日到了一樣，悲傷的向前走。到了平常分手的路口，徐書婷忽然問我：

「陶曉春，你上次離家出走的時候，都去哪些地方？」

「你問這幹嘛？你想離家出走嗎？」

「我……算了！我也沒這個膽子。你一定不會相信，我除了上學放學補習之外，從來沒單獨去過別的地方。」

「我真的不敢相信！你連你家樓下的便利商店都沒自己去過嗎？」

我吃驚的看著她點頭。然後她連再見都沒說，就轉身走了。我突然有種不祥的感覺，可是又不知道那裡不對。甩甩頭，我還是回家再說吧。奇怪的是，爸媽看了我的成績，竟然高興的像撿到錢一樣。爸爸說：

「你看，我就知道阿春是讀書的料，一次進步這麼多，真不簡單！下次再拚一點，一定會第一名的。」

媽媽也是笑得合不攏嘴，直問我想要什麼禮物。可是我實在沒辦法像他們一樣高興，我指著數學成績那一欄說：

「數學那麼爛，說不定二年級會被分到壞班去。」

一聽到壞班，爸媽的笑容馬上就不見了，媽媽說：

「那不行，進了壞班考高中就沒希望了。阿春你要更認真才行！我看給你去補習好了。」

「可是我已經很拚命了呀！我沒看電視，沒看小說，連睡覺都沒睡飽了，數學還是那麼差。我看我就是笨啦，沒希望了啦！補習還不是浪費錢。」

我自己也不曉得為什麼，突然越說越大聲，好像爸媽應該為我的爛成績負責一樣，我把怨氣都出在他們頭上了。對了！一定像生物老師說的，「龍生龍，鳳生鳳，老鼠的兒子會打洞」，是遺傳的關係。爸爸媽媽給我的腦筋不好，我再用功也沒有用，我還是認命去壞班吧，別想明珠姊姊說的什麼「做一件讓世界更美好的事」了。

「你以為你很拚命了嗎？你這樣就要放棄了嗎？」

爸爸過來瞪著我問。我不敢點頭，也不敢搖頭，只好呆呆的看著爸爸。爸爸接著說：

「放假這幾天跟我一起去做生意，讓你看看什麼叫做拚命！」

9 拚命

天還沒暗下來，市場裡一個一個橘黃的燈泡就亮起來了。爸爸今天賣的是蓮霧和一些剛上市的大西瓜。他要我把紙箱裡的蓮霧一個一個排在攤架上。

還給我一條乾淨的毛巾，一再的叮嚀我：

「手腳輕一些！這些黑珍珠碰傷可就不值錢了。把它擦乾淨，賣相比較好。你在這裡做，我去把車上的西瓜抬下來。」

以前他總是說小孩子認真讀書就好，從來不讓我跟出來，所以這是我第一次跟爸爸出來賣水果。

我一邊擦蓮霧，一邊好奇的轉頭四處看看。大概是時間還沒到，賣東西的倒比買東西的多。大部分的攤位都還在擺貨，他們一邊工作一邊聊天。爸爸抬著西瓜過來，有個人問他：

「水果仔，你今天怎麼帶個小姐來？小心我跟你老婆說。」

「什麼小姐，那我女兒啦！等一下我老婆還要送飯來呢，我怕你做什麼？死賣魚的，還虧我！」

我發現這裡的人好像都沒名字，爸爸叫「水果仔」，剛才跟爸爸開玩笑那個是「賣魚的」，還有好多「賣衫的」、「豬肉仔」、「青菜的」、「烤雞的」、「肉丸仔」……。叫我的時候，有的叫我「小姐」，有的叫我「小妹」。一群不知道彼此姓名的人，邊做邊談，熟悉得不得了。有攤位主人臨時走開，旁邊的人就會幫忙招呼客人。我覺得這種感覺好棒，就像回到鄉下，左鄰右舍大家都是好朋友一樣，我喜歡！

爸爸走了好幾趟，才搬了十幾個大西瓜，我看他搬得氣喘連連，放下抹布，想幫忙搬。沒想到那些西瓜好重，我走沒幾步就得休息。爸爸說：

「算了，我自己來就好。你那些蓮霧擦得很乾淨，排得也漂亮，不過動作太慢，等一下客人多起來，你會擦不夠來賣。你就專心弄蓮霧吧！」

其實，我一再的重覆拿蓮霧、擦蓮霧、排蓮霧的動作，很煩也很累了。可是看到爸爸抬了那多西瓜都沒吭聲，我咬緊牙根，不敢抱怨。

不久，買東西的人越來越多了。爸爸嘴裡忙著招呼客人，手裡忙著裝水果、秤水果，忙得不得了，我楞在一邊不知道怎麼幫忙。我發現這些客人，有的穿著工廠的制服，有的衣服上沾滿泥粉，他們都匆匆忙忙的買了就走，好像趕著救火一樣，一點逛街買東西的悠閒都沒有。有些還會催爸爸說：

「老板！快點好不好？」

爸爸急了，叫我：

「阿春，你在看什麼啦？塑膠袋拿到前面去給客人用。你進來幫忙找錢。」

我跟著緊張起來，一會兒注意袋子還有沒有；一會兒翻箱子找銅板，有時候還要學爸爸叫幾聲：

「西瓜啦！沒甜不要錢，快來，快來！」

本來我還不敢喊，後來聽爸爸聲音有點沙啞，我才試著出點聲音。等媽媽送便當來的時候，我已經架勢十足了。

「阿春不錯喔！第一次就做的這麼好，不像媽媽第一次和你爸爸一起出來，還怕得發抖呢！」

媽媽讓我先吃便當，還不忘誇獎我幾句。我覺得這學期開學以來，跟她的距離接近不少，現在坐摩托車，我都很自然的抱著她的腰了。正要趁機喊累，爸爸卻說：

「做生意辛苦啦！現在好好讀書，將來看有沒有辦公桌可以坐，那樣賺錢比較快活啦。」

黃昏市場的生意做到七點多，客人就少了。我幫爸爸把剩下的水果搬回車上後，累得倒在駕駛座旁的椅子上睡著了。

爸爸在街角停好車，我也醒了。這次不必搬水果，爸爸把車廂的三個門打開就是一個攤位了。現在忙的是削水果，爸爸先把大西瓜剖開切片，我再把一片一片的西瓜去皮切塊，裝在透明塑膠袋裡，一袋五十元。

「爸！為什麼在黃昏市場的時候不必先把水果切好，在這裡就要一袋一袋裝好呢？」

「黃昏市場的客人大都急著趕回家做飯，水果不是馬上要吃的；

這裡的客人大部分是吃飽來逛街的人或是還要加班的上班族，水果買了就吃，不在乎多加一點工錢。在不同的地方做生意，要配合不同的顧客要求，生意才會好呀！」

原來做生意也要有一些腦筋才行，不像我以前所想的那麼簡單。切了一些西瓜以後，爸爸開始洗蓮霧，我再把蓮霧的蒂頭和「屁股」挖掉，也是一袋一袋裝起來，一袋五十元。

「你知道為什麼兩種水果都一袋五十元嗎？」爸爸問我。

我想不出有什麼特別的地方，只能傻傻的搖頭。

「價錢一樣，忙的時候就不必注意客人拿的是什麼；五十元要找錢的話也好找，而且大部分的人乾脆再拿一袋不要找錢。這樣我們就比較早賣完哪！」

天哪！看來有一些腦筋還不夠，得相當聰明才行呢！我抱怨爸媽給我的腦筋不好，好像有點冤枉他們了。邊切邊賣，我和爸爸忙得忘了時間。等我想起來看看手錶，已經快十一點了。雖然應該算是春天到了，晚上的風吹在身上，還是有點涼颼颼的。我穿上媽媽為我準備的夾克，比較暖和一些。可是一暖和起來，瞌睡蟲就來找我了。我從來就不知道，人站著也可以睡著；等爸爸叫我上車回家，我才發現我竟然站著睡著了！

我以為我終於了解爸爸以前說的「拚死拚活」是什麼意思了。我們從下午三點到黃昏市場到晚上十二點從街角回到家，足足忙了九個鐘頭！這比我上學還累呢！回到家的時候，我什麼都不管，直接上床睡覺，我要好好的補回來。可是，好像我的眼睛剛閉上，媽媽就來叫我了：

「阿春，起來了！你爸爸要去批水果啦！」

我翻了一個身，以為自己在做夢。

「阿春，別再睡了。你爸說一定要你一起去啦！這做爸爸的還跟孩子計較什麼叫拚命，真是跟小孩子一樣。阿春哪，起床啦！」

媽媽的口氣越來越不耐煩，再不起來她會生氣了。我勉強睜開生澀的眼皮，看看床頭的鬧鐘：

「喔！現在才三點嘛！這麼早去幹嘛？」

「還早？再不去好貨都被別人批走啦！快點啦！」

心不甘情不願的起床刷牙洗臉，匆匆忙忙的跟爸爸下樓。出了大門，才發現下雨了，下得還不小呢！

「爸，下雨了。我看……我看我們今天休息好了。」

「休息？三天捕魚兩天曬網的，客人早就跑光啦！我們靠什麼吃飯？再說今天是清明節呀，哪有賣水果的在清明節休息的？」

爸爸不高興的瞪我一眼，我只好乖乖閉上嘴巴。冒著大雨來到青果批發市場，裡面早就人聲鼎沸，熱鬧滾滾了。

「阿發仔，你今天比較晚喔。我剛才看好了一堆蓮霧，已經講好了。你再去看看還有什麼。我想再看一些梅子，今年梅子大豐收，一些老客人想做紫蘇梅，要我幫她們找一找。等一下在東邊出口碰頭。」

胖叔一看到爸爸就交待了一堆話，說完又急著走了，他一定沒發現我跟著爸爸來了。聽爸爸說過，他會賣水果還是胖叔牽的線。當年爸爸媽媽在電子工廠，兩份薪水省吃儉用還是買不到一間房子。是胖叔建議他們自己做生意，一起合夥批水果，再分頭去市場賣。現在有自己的房子住，除了爸媽自己打拚之外，還得謝謝胖叔介紹的門路呢！

「昨天西瓜賣得不錯。現在人有錢了，都喜歡一些新鮮的東西，剛上市的西瓜正合他們的胃口。我們再去看看今天的西瓜吧！」

爸爸邊走邊說，他還告訴我：

「要挑好吃的西瓜是有竅門的。先要看顏色，瓜皮綠得發黃，表示有熟了，甜份夠。再來看看瓜皮上有沒有一層薄薄的白粉，蒂頭綠不綠。有白粉，蒂頭綠，那就是現採的，夠新鮮。最後看瓜屁股，如果圈圈比較大，比較開，就是長得夠大，正好吃了。」

「爸，你又沒種過西瓜，怎麼知道這麼多呢？」

「我吃過虧呀！這可是我吃了幾千幾百個西瓜得來的經驗呢，以前批到不好的，賣不出去，自己吃到拉肚子。現在出師了，客人知道我的信用，自己想吃都沒有啊！」

爸爸轉了兩圈，選了一些西瓜和蘋果；再加上胖叔的蓮霧，我們今天要賣三種水果。

分裝水果的時候，胖叔才看到我，他跟我說：「你爸爸一直都捨不得要你幫忙，今天怎麼讓你來啦？聽他說你這次考試進步很多，他呀，高興得尾巴都翹起來啦！」

我心裡突然動了一下，不知道爸爸跟胖叔說過什麼，但是我好像有一點了解爸爸聽我說「我就是笨啦！沒希望了啦！」的心情，難怪他要我看他是多麼的拚命，跟他比起來，我真是太舒服了。

離開批發市場，已經六點了，雨勢小了一些，我們匆匆趕到另外一個零售市場。擺好攤子，才隨便買點早餐來吃。今天是清明節，出門掃墓的人很多，我們的生意也特別好。那些人買東西好像用搶的一樣，我和爸爸還有後來趕來幫忙的媽媽，全忙得喘不過氣來。一直到中午十二點過後，人潮才算退去。

中午吃過飯才回家，一回到家爸爸倒頭就睡。他要媽媽四點再叫他，因為清明節黃昏市場人會比較少一點。我當然也去睡了，我希望媽媽不要叫我，我要一直睡、一直睡，睡到不想睡為止！

跟爸爸走這一趟，我覺得他就像超人一樣。我以前以為自己很拚命了，但是我現在知道真正的拚命是什麼樣子了。「龍生龍，鳳生鳳，老鼠的兒子會打洞」，我應該像老爸一樣拚命才對。好，等我睡飽飽以後，我要真的拚命讀書了！

10 愛情

「陶——曉——春——！」

春假結束，第一天上學的路上，我遠遠的就聽見徐書婷叫我的聲音。她在她們家樓下那間便利商店的前面向我招手。看見她，我突然想起放假前，和她分手那股不祥的感覺。搖搖頭，我覺得自己有點神經過敏，她現在不是好好的站在那裡嗎？

「什麼事？你今天怎麼會在這裡等我？」

我加快腳步走到她面前，她反而有點吞吞吐吐起來：

「我……我媽找你，你等一下，我叫她下來。」

不讓我問她怎麼回事，徐書婷急忙轉身去按大門的對講機。我呆在原地，不知道該跟她過去等；還是不理她，上學要緊。我真的想不出來，我又不認識她媽媽，她媽媽找我做什麼？

「你就是陶曉春？」

徐媽媽來了。她的樣子一看就知道是徐書婷的媽媽，除了髮型和衣服之外，她們兩個簡直一模一樣。只是徐媽媽胖一點、高一點，像是大了幾號的徐書婷。我點點頭沒說話，心裡一直在想她找我做什麼？

「這兩本書還你，以後別再借這種書給書婷。要是被我發現你再借她的話，書會被我撕爛！」

「可是……，是書婷自己跟我借的呀。」

「我們書婷不可以看這種書！你以後不要借她就對了。準備考試的時間都不夠了，真不知道你爸媽怎麼還讓你看這些亂七八糟的書。」

好兇的徐媽媽！要是以前聽到這些話，我真的會以為爸爸媽媽不關心我。可是現在，我才不會這麼想。要不要看這些書，應該是自己決定的，要是徐書婷自己不想看，我借她也沒用啊！不過徐媽媽好像不這麼想，她甚至轉頭教訓呆在旁邊不說話的徐書婷：

「交朋友要用眼睛，交這種二十幾名的朋友，對你的功課有什麼好處？就是這種不愛讀書的朋友讓你掉到第五名的，再跟她一起我就打到你喊救命！」

太過分了，就是大人也不能這樣說話呀！我把書放進書包裡，頭也不回的走了，我不想跟這種大人說再見！

一整天，我都沒有正眼看過徐書婷。她自己跟我借的書，她應該自己跟她媽媽說清楚才對。她竟然一句話也沒說，像不關她的事一樣。好！交我「這種二十幾名的朋友」沒什麼好處，我也不要交你這種只跟人借書，不肯教人家功課的朋友。而且，我要把你失去的第一名寶座搶過來，讓徐媽媽知道她看錯人了！

數學老師提著一袋東西走進教室，我全神貫注的盯著他看。我就不相信，他講什麼我都聽不懂。

「各位同學，上課之前，老師要先請你們吃糖果。」他平常都先說「我們上到哪裡？」今天怎麼換台詞了？大家面面相覷，不知道怎麼反應才好。主要的是，放假前老師才被我們第一次段考的成績氣得直說「你們說，哪一題我沒教過？為什麼換個數字就不會了？為什麼？」怎麼放完假又要請我們吃糖呢？

看我們沒反應，老師嘆口氣說：

「大概我平常太兇了，連請你們吃糖都沒人歡呼。那些男生班叫得屋頂都快掀了呢！班長幫忙發一下吧，這可是我的喜糖喔！」

「哇——！」

聽到是喜糖，全班都大叫起來，只有坐在我前面的徐書婷不知道在發什麼呆。

「老師，你訂婚啦？」張素惠問這根本就是廢話，沒訂婚怎麼請人吃喜糖！

「老師，不是新娘才請人吃喜糖嗎？你是男生，怎麼也請吃喜糖？」

這個問題還真「天才」，天生的蠢才，吃糖就吃糖，還管新娘請的還是新郎請的！還是我的問題好，一問就問到重點：

「老師，新娘是誰？我們認識嗎？」

「就是……，就是你們陳老師呀！」

「哇——！」

大家忍不住尖叫出來，數學老師笑著一手遮耳朵，一手指天花板，應該是叫我們不要把屋頂都掀了吧。這時候老師的手勢我都懂，為什麼上課他說的解題方法，我就「霧煞煞」呢？吃了糖果，我們開始上課。我們上的是「二元一次聯立方程式」，這個名字聽起來就很難的樣子。上學期的一元一次方程式，是明珠姊姊好不容易才幫我弄通的，現在多了一元，我真的是不行了。聽著、聽著，我竟然想睡覺了。我用右手的指甲重重的捏左手的手掌；我用舌尖輕輕的在上牙床後面畫圈圈，可是痛的不行，癢的也不行，瞌睡蟲就是不走！這種想睡又不能睡的痛苦，真是言語都無法形容啊！

忽然一張紙條掉在桌上，我的精神一下子全來了。轉頭看看隔了三排的張素惠，她跟我眨眨眼睛，我趕緊把紙條打開。

注意看徐書婷！她今天有問題喔！

我抬頭看看徐書婷，她確實有點奇怪。平常只要是聯考要考的科目，她上課絕對聚精會神，動也不動一下。尤其是數學課，她更是認真的不得了。數學老師就曾誇獎她說：

「要是你們上課都像徐書婷一樣認真，考試鐵定滿分沒問題！」可是現在她竟然頭低得快碰到桌子了，老師請的兩顆喜糖放在那裡，動都沒動。還有，我發現她肩膀一聳一聳的，她……她好像在哭呢！

「徐書婷，你不舒服嗎？」數學老師也發現她不對勁了，可是徐書婷對老師的問話卻沒有回答，她還是把頭垂得低低的。

「嗯——，後面那位同學，你陪徐書婷去保健室，請護士阿姨看一下好了。」

在徐媽媽早上說了那些話以後，我實在是不想陪徐書婷一起去。不知道老師為什麼要我去，大概是看我坐在教室裡也只是睡覺吧。

從我們教室出來，下了四樓，穿過內庭花園，再爬上前棟的二樓才是保健室。徐書婷剛走出教室還沒什麼，下了樓梯，她就越走越慢，越走越慢。本來只是小小聲的啜泣，到了花園，她竟然坐在花檯上大聲哭了起來。

「你怎麼了？」

我有點不情願的問她。早上的事，我還在生她的氣呢！可是看她哭成那樣，又賴在這裡不走，我只得問了。

「我……我受不了了！老天爺……太不公……公平了！」

徐書婷一邊用力吸氣一邊回答我，眼淚還是啪啪啪的掉不停。

「剛剛才讓我退到第五名，現在他又訂婚了，老天爺真是太過分了！」

沒想到她也覺得老天爺不公平。徐書婷住的是高樓大廈，成績又好得沒話說，怎麼還怪老天爺不公平呢？她沒等我說話，自己劈哩啪啦的說下去：

「從小媽媽就告訴我，什麼事都不要管，認真讀書就行了。她說只要書讀得好，將來要做什麼都可以。本來我也這樣想，只要成績好，其他事都不重要。可是上了國中之後，我發現有件事比成績還重要，那就是愛情。他的一個笑容，就可以讓我快樂一整天；他稍微皺一下眉頭，我就慌得不知道怎麼辦才好。可是，我卻不知道怎樣跟他表達我的感情。這時候，我才發現我連一個可以商量的人都沒有！媽媽是不可能的，自從和爸爸離婚以後，她說男人都是大壞蛋，為了保護我不要受到傷害，她連我上下學的時間都算得準準的。所以當我發現你整天抱著不放的書，是專門描寫愛情的小說，忍不住跟你借回家去看。」

徐書婷一口氣說了一大堆話，我以為她要跟我到保健室去了，可是她摟摟鼻子，擦擦眼淚又說：

「我看那些書越看越著迷。總是幻想自己就是那個幸福的女主角，他是那個多情的男主角。雖然還是不敢跟他表達，可是心裡也覺得希望越來越大，愛情就應該像書上寫的，沒有年齡，沒有身分地位的分別。誰曉得上次段考我竟然退到第五名，媽媽在我房裡搜到那兩本書，氣得整個春假都不跟我說話。本來這個打擊就是前所未有的痛苦了，再加上今天……今天他竟然請……請吃喜糖，我真的……真的受不了……受不了呀！」

天哪！聽到現在，我才聽清楚，徐書婷說的「他」就是數學老師！原來她喜歡上了數學老師！我目瞪口呆的，不知道說什麼才好。

我們默默相對了好久，一直到下課鐘聲響了，徐書婷才說：

「我們回教室去吧。」

「你不去保健室了嗎？」

她無力的搖搖頭，走了。

這天回家，我本來想跟徐書婷一起走，可是她動作好快，我在走廊找她找了半天，才發現她早就下到一樓去了。我追到一樓，她連影子都不見了，也許她想一個人靜一靜吧！雖然心中有點不安，但是想起春假前自己的神經過敏，我甩甩頭，應該沒事的。我還是想想，要不要跟媽媽說補習的事。我的數學都聽不懂，要是能找個人像明珠姊姊那樣教我，說不定還有救喔！

11 出事

徐書婷真的出事了！

晚上我在房裡背英文單字的時候，在客廳看夜間新聞的爸爸突然大聲的叫我：

「阿春，快來！這是你們學校的學生呢。哎喲！還跟你一樣是一年級的欸，你認不認識啊？」

我衝到客廳，剛好看到徐書婷的照片，在新聞主播的背後面無表情的瞪著我看！

「她怎麼了？她死掉了嗎？她死掉了嗎？」

「沒死！沒死！從五樓跳下來還沒死，算她命大。現在在加護病房，不知道救不救得回來。你認識她嗎？」

知道徐書婷還有希望，我狂跳的心總算慢了一點。我告訴爸爸：

「她就是我們班功課最好的那個啊！在班上位置就在我前面。前一陣子下課都跟我一起回家，她家就在前面巷子那棟大樓的五樓。」

「在前面喔！難怪七點多的時候，我聽到救護車咿咿嗚嗚叫。原來是有人跳樓了。是說這麼年輕的孩子，怎麼這樣想不開呢？你看，她媽媽都哭昏過去了。」

聽媽媽說了，我才想起來，七點多剛吃過晚飯，確實有聽到救護車的聲音，沒想到就是徐書婷。如果，下午放學，我把心裡的不安告訴大人，是不是就能讓她不跳樓了呢？如果……

「阿春，新聞說她是成績退步才跳樓的。還說她媽媽對她要求很高，對她造成壓力，讓她受不了。我想喔，你要是有認真就好啦，我也不逼你，能讀多少算多少，你千萬不要像她這樣做傻事喔！」

爸爸看我默不吭聲，緊張的提醒我。

「我不會那麼笨啦！」

我嘴裡這樣說，心裡卻亂七八糟的不知如何是好。徐書婷會死掉嗎？如果我沒把書借她，她的成績就不會退步了嗎？如果成績沒退步，她就不會跳樓了嗎？成績比生命還重要嗎？我們這樣拚命的讀書，只是為了成績嗎？我不知道！我不知道！我甚至不知道我為什麼要讀書！以前小珍告訴我，不知道長大後要做什麼的人才要讀書。可是小珍死了，她的美髮屋也沒了。現在徐書婷告訴我，只要書讀得好，將來要做什麼都可以。可是書讀得比我好的她，卻從五樓跳下來要結束自己的生命。

還有愛情，那種「問世間情為何物，直叫人死生相許」的東西，它真的比生命還重要嗎？徐書婷喜歡數學老師，數學老師根本不知道，這也是愛情嗎？到底，讓徐書婷從五樓跳下來的，是成績？還是愛情？還是像新聞說的，是媽媽的壓力？

這個晚上，我睡得很不安穩。先是做了一個奇怪的夢，夢見我背了一袋種子要種花，掏出種子卻發現，它們全都爛光了。夢中大霧瀰漫，我不知道要去哪裡尋找新的種子，只好坐在地上哭了起來。我哭得非常的傷心，一直哭，一直哭，哭得氣都快喘不過來了。

我突然驚醒過來，眼眶還留著夢裡的淚水。我不知道為什麼會做這種夢，但是它讓我的心情很不好。看看床頭的鬧鐘，才兩點多而已，我勉強自己再睡一下。

好不容易睡著，我又做了一個夢。這回我夢見了小珍，她正在幫一個客人染頭髮，我在旁邊看。好像這個客人是我帶來的，夢裡的我一直催小珍動作快點，不知道在擔心什麼。突然徐書婷的媽媽來了，那個染頭髮的客人跳起來跟我一起跑給徐媽媽追。原來這個客人就是徐書婷，我們一邊跑一邊回頭看，徐媽媽變成一隻大獅子，張牙舞爪的要把我們吞下去，我嚇得大聲喊救命！

「阿春，阿春哪！你做什麼夢，叫得那麼大聲？」

還好媽媽把我叫醒了。我搖搖頭，這一覺睡得真累呀！

今天一早進到教室，班導已經在教室裡了。等我們大部分的同學都到了，老師跟我們說：

「你們大概都看到書婷的消息了。老師剛剛從醫院回來，醫生說要到今天傍晚才能確定她是不是能夠脫離險境。」

老師紅著眼眶，停下來深深吸了一口氣，又說：

「讓我們一起為書婷祈禱，希望她順利度過難關。」

教室裡靜的連針掉在地上的聲音都聽得到，我在心裡默默的祈禱：

「老天爺，雖然徐書婷曾說你不公平，可是我相信你不會跟她計較，請讓她快點好起來吧！」

後來老師跟我們說到成績的事情，她一再強調分數和名次不能代表一切，不要為了成績不好而做傻事。又說心裡有什麼不能解決的問題，一定要找人談一談，千萬不要一個人悶在心裡，如果大家願意，她隨都可以聽我們的心聲。最後老師給了我們一個作業：

「本週的週記，就請同學們把對這件事情的想法寫下來，讓老師看一看。」

這個作業來得正是時候，我正愁著心裡的疑問和後悔不知道怎麼辦才好。爸爸媽媽想的東西跟我不太一樣，張素惠、許月美她們也解決不了什麼，班導應該是個可以商量的人。

老師，我好害怕！我怕徐書婷就這樣死了，那我會自責、後悔一輩子。

昨天數學老師要我陪徐書婷去保健室，我們走到內庭花園就停下來了。她哭著跟我說考試退步，喜歡的人又跟別人訂婚了，老天爺對她很不公平。那時候我就覺得怪怪的，心裡很不安。可是我以為是自己神經過敏，就沒有跟別人說。要是昨天我跟哪個大人說了，說不定就能阻止徐書婷跳下來了。老師，你說我是不是錯了？還有，這件事讓我懷疑自己的決定是不是對的。我上學期很混，成績爛得一塌糊塗，爸爸媽媽、老師同學都認為我是壞孩子。現在我拚命用功讀書，爸媽放心了，同學接納我了，我自己也以為這樣是對的。可是像徐書婷功課這麼好的人，都覺得老天不公平而跳樓，我突然不知道自己為什麼要拚命讀書。讀書是為了將來，將來的什麼？是錢？還是地位？或是面子？我不知道，我真的不知道！我甚至不知道，自己還要不要認真讀書？

這篇週記花了我一個晚上的時間，雖然不知道老師看了會說些什麼，可是寫出來以後，我的心裡就好受一些了，這次我一晚無夢的睡到天亮。

第二天，我們聽到了徐書婷已經脫離險境但是雙腳會永遠癱瘓的消息，我稍微鬆了一口氣，卻又想起她得坐一輩子的輪椅而說不出話來。或許大家都有這種感覺，雖然徐書婷是個大怪胎，可是畢竟她是我們班的同學呀！過了好一會兒，才聽到張素惠說：

「徐書婷的功課那麼好，她以後還是可以唸大學呀！」

或許張素惠想安慰大家，或許有些人以為可以唸大學就沒事了，可是我擔心大學唸完以後呢？研究所以後呢？

中午的午休時間，班導向來不強迫我們睡覺。想睡的人睡，不想睡的人看書寫字發呆都可以，不要吵到別人就行了。這天中午，我在座位上發呆的時候，班導進來要我陪她出去走走。

「書婷沒事了，你不要擔心！」

老師帶頭往操場的方向走。她走了幾步後就跟我這樣說。

「可是，可是她再也站不起來了。都是我，我應該知道有事情要發生的。」

「不要把事情攬在自己身上。就算你告訴大人，阻止了這一次，沒有解決癥結，還是會有第二次的。」

「我不懂老師的意思。」

「這件事情的癥結不在你有沒有想辦法阻止，而在書婷自己怎麼處理自己的心事。要是她繼續封閉自己，不懂怎樣面對壓力的話，說不定還會發生類似的事情。」

「那……那該怎麼辦？」

「喔！我大概嚇到你了。別緊張，面對壓力的方法是可以學習的。我跟書婷的媽媽談過，她很願意配合。更重要的是書婷自己也有所覺悟，昨天我去看她，她跟我說：『一跳下去我就後悔了！』我想她以後會好好學習的。等她回來上課，你們要跟老師配合、幫忙喔！」

好奇怪，聽了老師這番話，我對徐書婷的歉意就減低不少了。不過我還是得負一點點「知情不報」的責任的，為了彌補這一點，我跟老師說：

「當然沒問題！不過徐媽媽很不喜歡我啊！」

「這個老師會解決，徐媽媽也需要學習呀！不過，別叫她徐媽媽，叫她『書婷的媽媽』好了！」

說著，說著，我們到了操場邊的鳳凰木下。我一直想著還有一件

「知情不報」的事，不知道要不要告訴老師。徐書婷「失戀」的對象，正是剛跟班導訂婚的數學老師呀！為了不要後悔還是說了吧。

「老師……」

「曉春……」

這麼巧，我們兩個人同有話要說。老師笑了笑：

「你先說吧！」

「老師，徐書婷跟我，說……說……」

「說什麼？」

「說她喜歡數學老師！」我注意看老師的表情，她苦笑一下才說：

「早上看了你的週記，我跟數學老師談過，我們也猜到了。我們真的沒想到有這種情況，早知道的話，我們會想個最好的方法告訴大家，而不是突然的請你們吃喜糖。這件事我會想個好方法來處理，我看昨天書婷跟我說話的態度，應該是沒問題的，你別擔心了。」

「喔！那老師剛剛要跟我說什麼？」

「我是想說，我滿擔心你的。你好像突然不知道自己在做什麼，因此覺得很難過。」

「老師，你真厲害！我現在就是不知道怎麼辦才好。」

「其實我也有過這種迷失的時期，我……」

午休結束的鐘聲打斷老師的話，老師叫我進教室之前，要我回去問爸媽，這個禮拜天她帶我出去郊遊可不可以。

12 選擇

「其實，愛情有時候是很平淡的。不像小說裡寫的什麼天雷勾動地火那樣轟轟烈烈。兩年前的暑假，你們老師來學校報到，剛好是我值日。我們第一次見面很平常，沒有喜鵲叫，也沒有天使的歌聲。是後來大家相處久了，慢慢有了好感，才發現愛情就在身邊。所以就……就訂婚啦！」

兩位老師被我們逼不得已，只好由「師丈」代表向我們交待談戀愛的經過。可是這種避重就輕的講法，當然過不了關，張素惠帶頭大叫：

「不行！不行！精彩的都沒說，我們才沒那麼好騙呢！」

大家一起鬨，數學老師滿臉通紅的直傻笑，我想他現在一定嘗到不知道怎樣解題的苦惱了。還是我們班導有辦法，她笑著跟我們求饒：

「小姐們，我們今天是來這裡郊遊，又不是法官問案，妳們就高抬貴手，饒了我們吧！」

老師都求饒了，我們不好得寸進尺，大家轉移目標，有的去買票玩遊樂器材，有的蹲在沙灘上亂畫。

這次來的人不到十個，真是有點掃興！其他同學有的是家裡有事真的沒辦法，可是大部分的人是要去補習，一點都不重視班上的活動，補習少去一次又不會死，真是的！昨天許月美竟然問我們：

「你們怎麼還有時間去玩哪？」

我和張素惠瞪她一眼，懶得理她了！可是班導一點都不生氣，她說不到十個人有不到十個人的玩法，不能勉強不想去的人非去不可。所以我們幾個加上班導他們一對，就坐火車到基隆，再換公車到和平島來了。

其實，我在基隆火車站上廁所的時候，遇見了一個我想都沒想到的人——娃娃！她正要跟她媽媽搭車到南部外婆家，剛好也來上廁所。我生氣的問她：

「你怎麼會跑到基隆來？你有我家的電話號碼呀，為什麼不打電話給我？」

「我們搬來基隆跟阿姨住，我媽幫我辦了轉學。不過我沒到新學校去讀書，我現在在一家美髮屋當學徒。」

「你沒上學了？」

娃娃點點頭，不過她說：

「我想九月我會重新從一年級唸起。工作了幾個月，我發現自己好多東西都不懂。而且國中都沒畢業，會給人笑死。」

我不知道娃娃這些日子是怎麼過的，但是我發現她變得跟以前不一樣了。我留了她的電話號碼，問她要不要跟其他同學見面。她搖頭說：

「算了！我根本就不認識她們。」

說的也是。她跟我擺擺手，趕火車去了。我回到同學這邊，也沒跟人提起。那段日子，我和娃娃、小珍她們確實「不認識」這些同學的。

站在和平島上，我有一種好玩的、奇怪的感覺。老師說過了剛剛那座橋，就算和平島了，橋的另外一邊是台灣本島。「台灣本島」欸！也就是說我現在已經離開台灣島囉，可是我覺得跟平常沒什麼不一樣啊！我問一邊畫沙畫得正高興的張素惠說：

「你有沒有離開過台灣？」

「沒有！我爸說等我考上高中，就帶我去日本的迪士尼。」

「其實你不用等那麼久，你現在就離開台灣了！」
「什麼意思？」
張素惠抬起頭看著我。我指指橋的那頭：
「那邊是台灣本島，這裡是和平島。」
她一時搞不懂我的意思，看看那邊又看看這邊：
「沒什麼不同呀！」
「本來就沒什麼不同嘛，不過你回去以後可以跟許月美說，你曾經離開台灣島了。」
她終於點頭笑出來了！
「你們怎麼不去那邊玩？」
是班導過來了。
「這沙子好軟喲！我都想脫鞋下去踩了。那些遊樂器材別的地方也有，這沙卻不是到處都有的。」

「不錯！不錯！素惠很識貨喲！曉春呢？」

「我喜歡看海。我們花蓮老家走幾步路就到海邊了，心情不好的時候，看一看海會舒服一點。心情好的時候看海，會越看越快樂呢！」

「哇！曉春好像詩人喔！」

我跟老師笑笑，我相信她不是在取笑我。

「老師，你是怎麼選上數學老師的？」

張素惠對老師訂婚的事特別有興趣，抓到機會就問。其實我也很好奇，我想起了明珠姊姊的那兩個「白馬王子」，不知道她選擇了誰？或是她還有第三個選擇？聽聽老師的想法，說不定可以給明珠姊姊做參考。

「你們不是常說『身高不是距離，年齡沒有問題，金錢不必再提』嗎？我也覺得沒錯，這些都不是問題，問題在這裡！」

老師指指頭，再指指心。

「頭表示理智。你能分辨『喜歡』和『愛』嗎？你能分辨『仰慕』、『尊敬』、『習慣』、『同情』……等等，跟『愛情』有什麼不同嗎？心表示成熟。你真的愛他，不會改變？你能夠享受愛情的甜美，也知道它的義務？你……」

「老師，你說得太複雜了，我聽都聽不懂！」

張素惠叫了出來，我也點頭表示贊成。老師停下來笑著說：

「愛情本來就是很複雜的呀！你們要學的東西還多著呢，不急，不急，你們才幾歲呀！」

「十四歲啦！」

我們本來以為可以聽個浪漫的愛情故事，老師卻說這些嚴肅的「理論」。張素惠大叫一聲，光著腳在沙灘上到處踩腳印去了。我覺得老師「顧左右而言他」的功力有夠厲害的，又被她逃過一次了！

「曉春，還弄不清楚自己要怎樣做嗎？」

老師這個問題，正是困擾了我好久的問題。

「我剛才在基隆火車站遇見以前我們班的娃娃，她在美髮屋工作了幾個月，又想回學校讀書了。我也是不想像上學期那樣逃避學校，可是我又覺得現在這樣拚命讀書沒有意義，如果有第三種選擇就好了。」

「第三種選擇？」

老師沒問娃娃的事，只問我第三種選擇的意思。我把明珠姊姊和兩個白馬王子的事告訴老師，最後我說：

「如果有個明珠姊姊愛他，他也愛明珠姊姊的第三個王子可以選，那就太棒了！所以我想，如果在『不要讀書』和『拚命讀書』之外，還有第三個選擇，那就好了。」

「是啊！那就太棒了。我在國三那段日子，也曾這樣迷惘過。我沒有過不讀書的念頭，可是一直不知道為什麼要讀書。考上高中、大學，讀了研究所之後，又怎麼樣呢？當我一直找不到答案，那種不知道為什麼讀書而拚命讀書的痛苦，到現在我都還記得。經過這麼多年，我想我已經摸索出來了。不管什麼事，不要只看結果，過程也是很重要的。上學不止是讀那幾本書而已，你和師長、同學間的來往，你參加的活動，甚至你打掃教室，這些過程都會影響你，改變你。人，也就在這些影響改變中長大了。」

老師又把我說得滿頭霧水了，她看我沒反應，停一下才說：

「你看過《老人與海》這本書嗎？」

「看過封面。裡面的故事不好玩，看了幾頁，連女主角都沒有，我就看不下去了。」老師苦笑一下，她說：

「想要有收穫，就得有耐性呀！這本書說的是一個老人跟大魚搏鬥的故事，他奮戰了幾十天，最後只帶一架魚骨頭回家。雖然結果很慘，但是那個過程證明老人還是個強者，他就心滿意足了。」

「過程？」

我得想一想才能了解老師的話。老師拍拍我的肩膀說：

「你好好想想，我去看看別的同學。」

過程比結果重要？讀書的結果是考試的分數，那讀書的過程是什麼？什麼比分數重要？

不行！我要讓腦子休息一下才可以，等等再想吧！

抬頭找找張素惠，她在沙灘的那頭跟幾個同學不知道在做什麼。

「陶——曉——春——，快來跟我們一起堆沙堡！」

張素惠遠遠的就叫我了。

「好呀！」

我暫時把那些煩人的問題丟在一邊，和大家七手八腳的開始工作。有的人把沙子堆高，有的人用寶特瓶裝水。有的人堆城堡的主體，有的人圍周邊的花園。大家嘻嘻哈哈的一起工作，弄得一頭一臉滿身都是沙也沒人抱怨。

不久，有半間教室那麼大的城堡就在沙灘上站起來了。雖然技術欠佳，城堡東缺一角，西缺一塊，但是我們已經很滿意了。

「快！誰有照相機，我們在沙堡前面合照一張。」

張素惠是今天唯一出席的班級幹部，自然而然的發號施令起來。

馬上有位同學說她的相機在老師那裡，連跑帶跳的拿相機去了。

我和其他同學邊聊邊等，張素惠直催我們把沙堡整理漂亮一些。大家嘴裡嫌她囉唆，還是嘻嘻哈哈的動起手來。可是，不知道怎麼一回事，那個拿相機的同學就是不來，眼看著海水漸漸漲潮了，張素惠急得拉我一起去找她。

好不容易找到人，她說底片用完了，老師正在買新的裝進去。等裝好底片，回到沙灘，沙堡不見了！

沙灘上只有海浪拍打著浪花，沙堡好像從來就不曾存在過。

大家意興闌珊，直怪那個同學不會把握時間，張素惠更是氣得說不出話來。我覺得怪那個同學也不公平，就說：

「算了啦！反正剛才我們也玩得很高興呀，又沒有規定一定要照相。」

說完，我突然通了！這不就是「過程比結果重要」嗎？

「呀呼！我們來打水仗吧！」

我的心情突然好了起來，抓起一把海水，噴得張素惠一臉水珠。

「你有病呀？」

她不甘示弱，馬上開始反擊。其他同學也加入戰團，急得老師在一邊大叫：

「衣服，你們別弄濕衣服呀！」

回家的車上，大家累得在座位上呼呼大睡。我卻睡不著，因為一通百通，我已經找到我的第三種選擇了。我還是要認真讀書，但分數不是唯一的目標，「上學」還有很多有趣的事可以做呢！同樣的，高中大學也不是唯一的目標，還有其他的學校可以選擇呀！「做一件使世界更美好的事」，不是考一百分、第一名就行了，真要做個「羽扇豆婆婆」的話，我得跟阿公學學如何選種子呢！我回頭想找老師說話，發現她靠在「師丈」肩上睡著了。我朝著熟睡的他們誠心的默唸一聲：

「謝謝你，老師！我已經找到我的第三種選擇了。」

烏鴉式的告白

——淺析《第三種選擇》

張子樟

九年國教實施至今已經超過半世紀。一般在朝政治人物，對這個政策的評估總是歌功頌德一番，但身歷其境的人，恐怕負面的話會多於正面。所謂的「身歷其境」，當然包括學生、家長與教師這三個角色面對的困境。學生不好受，家長跟著團團轉，老師也有苦說不出。雖然上述的這些實情偶爾會出現在媒體上，但常常是大事化小，小事化無。基本上，政策本身是正確的，然而過於匆忙實施，卻衍生許多無法解決的問題。日積月累，施放出的「惡」的能量，在今天已經變得相當可觀，近年來，霸凌、吸毒等現象日趨嚴重，影響教學，同時治安也受到嚴峻考驗，便是明證。

國內以小說型式敘述這段國中三年生活的作品並不多，而且作品多以短篇為主，蜻蜓點水般的映照這段「黑暗」時期的某個角落，並不深入，亦不周延，且光明面又多於黑暗面，捕捉的情節不夠真實，這樣的作品自然而然就欠缺說服力了。陳素宜的《第三種選擇》，以較長的篇幅敘述，能夠揮灑的空間較大，關懷的層面也隨著擴大。

這本書的故事十分平實，敘述一個來自花蓮鄉下的女孩陶曉春，到台北念國一的過程。她初到大城市，如入大觀園，環境的調適出了問題，再加上功課不如人，班上找不到可以交心的朋友，只得與損友小珍、娃娃鬼混，逃學、偷竊、飆車，越陷越深。小珍飆車摔死，給曉春打擊最大，但也讓她有深思的機會。

寒假回鄉時，祖父與念大學的好友的忠告，曉春都聽了進去，終於回頭。

曉春能夠回頭的主要關鍵，還是在於父母的態度。起初，他們拚死拚活賺錢，認為有了錢改善生活，孩子自然會上進，殊不知成長中的孩子，最需要父母的呵護與不時的關懷。等曉春參加飆車，小珍出事後，她的父母才了解打罵與賺錢並不能解決一切。他們一齊關心曉春的一切。出事的小珍，一向缺少父母的關愛，跳樓自殺的徐書婷只跟媽媽生活，沒有正常的父愛。這種情形，也暴露了當前台灣有不少家庭是單親家庭的事實。

曉春的父親所受教育不多，但懂得機會教育。曉春月考成績不理想，哀嘆她念書既拚命又辛苦，他便帶她去體驗批貨、販賣水果的真實生活之苦，給曉春扎扎實實上了一堂社會大學的課。她提早認識真實生活的滋味，才知道自己念書算不了苦。這當然也是因為她天性善良，才能體會父親的苦心。

在作者細心刻畫下，另一個角色徐書婷的形象非常出色。透過她的一舉一動，作者勾勒出當代社會中的一些病態。徐媽媽與先生離婚，對男女關係有了錯誤的想法，只知道逼女兒讀書，所以當她發現書婷偷看浪漫的「愛情小說」，竟然跑去責罵好心借書給她女兒的曉春。書婷只知為大人念書，討好大人，心中卻又暗戀數學老師。一聽老師訂婚，月考成績又退步，她一時想不開，跳了樓毀了一生。這對母女可說是當前許多單親家庭的寫照，與小珍的下場成為強烈的對比。

教師角色在目前社會急速變遷與僵化體制下，很難發揮。為人父母者常有一種錯誤的想法，以為只要提供孩子足夠的金錢，讓他們盡情花用，上了學，那便是老師的責任。如此一來，孩子出了差錯，全是學校的不對。實際上，孩子成長過程中，學校、家庭與社會三者都有責任，必須攜手合作，孩子才能正常成長。

書中對曉春的第一位班導師李老師描述的並不多，因為作者不能認同她帶孩子的方式（動不動就把家長請來）。作者給後來的導師陳老師正面的敘述，因為陳老師與學生的互動方式才是當今國中需要的。她婉轉的輔導學生，對學生態度一律平等，以巧思改變學生的學習態度，尤其值得喝采。

陳老師的說法是：「不管什麼事，不要只看結果，過程也是很重要的。上學不止是讀那幾本書而已，你和師長、同學間的來往，你參加的活動，甚至你打掃教室，這些過程都會影響你，改變你。」這段話適合所有學生，但為人父母的，又有幾人聽得進去？他們始終認為讀好書是成龍成鳳的唯一途徑。其實，會讀書並不代表一切，學習做人、學習如何生活更為重要。

作者陳素宜老師擔任教職多年，對於學校、社會與家庭的關係了解得十分透徹。她能擷取現實社會中的相關新聞，將其融入寫作題材，描繪國中生的困境，雖然並非全部，但已經值得為人父母、子女的好好省思一番。當然，這本書仍然有些美中不足之處，例如孩子的對白過分成熟，段落的轉接稍嫌突兀。但從整本作品來看，技巧與主題的表達、詮釋相當不錯，而且對國中生活實況的挖掘也恰到好處，沒有一味的歌頌，也沒有逃避黑暗面的陳述，更能觸動讀者的心。

作者曾多次獲得九歌現代少兒文學獎、國語日報牧笛童話獎以及陳國政兒童散文獎，寫作文類廣泛，證明她相當有潛力。最近幾年，我們從她出版的新書中，發現她觀察的視野更為廣泛，文筆更加純熟，無論少年小說（如生態問題或文化傳承）、旅遊散文的書寫都能突破從前的種種自我設限，悠遊自在，更上一層樓指日可待。

九　歌　少　兒　書　房　2　7　6

第三種選擇

國家圖書館出版品預行編目（CIP）資料

第三種選擇 / 陳素宜著 ; 程宜方圖 . -- 增訂新版 . --
臺北市 : 九歌 , 2019.12
面；　公分 . -- (九歌少兒書房 ; 276)
ISBN 978-986-450-269-1(平裝)
863.59　　108018768

作　　者——陳素宜
繪　　者——程宜方
責任編輯——鍾欣純
創 辦 人——蔡文甫
發 行 人——蔡澤玉
出　　版——九歌出版社有限公司
台北市 105 八德路 3 段 12 巷 57 弄 40 號
電話／02-25776564・傳真／02-25789205
郵政劃撥／0112295-1

九歌文學網　www.chiuko.com.tw

印　　刷——晨捷印製印刷股份有限公司
法律顧問——龍躍天律師 ・ 蕭雄淋律師 ・ 董安丹律師
初　　版——1997 年 9 月 10 日
增訂新版——2019 年 12 月
定　　價——260 元
書　　號——0170271
I S B N——978-986-450-269-1